AF724817

LES OEVVRES DV SIEVR DE SAINT-AMANT.

SECONDE PARTIE.

A PARIS,
Chez TOVSSAINCT QVINET, au Palais, ſous la montée de la Cour des Aydes.

M. DC. XLIII.
AVEC PRIVILEGE DV ROY.

A MONSEIGNEVR

MONSEIGNEVR LE COMTE DE HARCOVRT:

GOVVERNEVR ET LIEVTENANT GENERAL POVR LE ROY EN GVYENNE.

MONSEIGNEVR,

Si mon pouuoir auoit respondu à mon desir, ie vous presenterois aujourd'huy au lieu de ce petit recueil de diuersitez capricieuses vn Volume illustre, où tout ce que les Muses sçauroient produire de graue, d'esclatant & de superbe, seroit estalé à la loüange de vos incomparables actions. Ce n'est pas que ie ne me sois mis en deuoir de les celebrer; qu'on ne m'accuse ny de paresse ny d'ingratitude; mais ie l'auouë, la splendeur de la matiere m'a esbloüy; mon Genie s'est deffié de ses forces à l'aspect de tant de miracles; & toutes les fois que i'ay voulu essayer d'en escrire quelque chose, il m'est auenu comme à vn certain Peintre qui voulant tirer vne excellente Beauté, n'eust pas si tost ietté l'œil sur elle pour en esbaucher les premiers traits, que rauy en la contemplation de ses merueilles, & confus de la temerité de son entreprise, le pinceau luy tomba d'vne main, & les couleurs de l'autre. Aussi, MONSEIGNEVR, vos exploicts sont si prodigieux, que par vn malheur souhaitable, & dont il n'y a que vous seul au monde qui se puisse plaindre heroïquement, vous y trouuerez du desaduantage pour vostre gloire;

la grandeur en combat la certitude ; le nombre en diminuë la foy ; & si vous en eussiez moins fait, ou que vous n'eussiez executé que des choses possibles, vostre reputation seroit peut-estre plus solidemẽt establie dans la creãce des Siecles à venir. Car soit que l'Histoire racõte par la bouche de la fidelité mesme tout ce que la Mer & la Terre vous ont veu faire de hardy & d'estrange ; soit que la Poësie sans auoir besoin de s'ayder de ses nobles impostures, vous face sauter à cheual par dessus vn effroyable Retranchement comme vn Mars que l'Espagnol crût s'estre eslancé de sa Sphere pour venir fondre sur luy, & le chastier de son audace, qui est-ce qui ne tiendra & l'vn & l'autre recit esgalement fabuleux ? Ouy, MONSEIGNEVR ; il faut de necessité absoluë, ou que l'on ne croye pas la moindre de vos actions, ou que tout ce que les Romans ont dit de leurs Paladins & de leurs Cheualiers passe pour veritable. Ie n'ay point de peur d'estre suspect de flaterie en parlant de la sorte. Il n'y a personne qui ne soit de mon sentiment, & qui ne souscriue à mon opinion ; & connoissant vostre rare modestie au poinct que i'ay l'honneur de la connestre, i'oserois affirmer que quand on ne croiroit rien de tout ce que vous auez fait, & qu'on n'en parleroit iamais non plus que vous; vostre vertu qui ne cherche de satisfaction que dans elle mesme seroit aussi contente que si on vous donnoit des loüanges immortelles, ou qu'on vous erigeast des statuës de marbre & de bronze par toutes les Places publiques. Toutesfois, ô mon Prince magnanime, apres tout ce que i'ay dit sur la peine qu'aura la Posterité à croire les grandes choses que vous auez executées, puis que ceux mesmes lesquels ont eu le bon-heur d'en estre les tesmoins dementent presque leurs propres yeux; ie trouue qu'il y va trop de l'interest du Ciel pour n'esperer pas qu'il en authorise la memoire par quelque façon admirable: il vous a donné le cœur de les entreprendre, il les fera sçauoir à tous les hommes, bref les Estoiles dont vous serez couronné quelque iour s'arrangeroient au Firmament en forme de carracteres historiques de vostre vie, plustost que d'en permettre l'oubly; & chasque Nation l'y verroit escrite en chasque langage plustost que de l'ignorer. C'est la pensée de celuy que l'honneur de vostre longue & genereuse bienvueillance reconnuë de mon costé par vn zele sans esgal obligent a estre iusques au dernier souspir

MONSEIGNEVR,

Vostre tres-humble, tres-obeïssant, tres-fidelle, & tres-passionné seruiteur

SAINT- AMANT.

PRIVILEGE DV ROY.

LOVIS par la grace de Dieu, Roy de France & de Nauarre: A nos amez & feaux Conseillers les gens tenans nos Cours de Parlemens, Maistres des Requestes ordinaires de nostre Hostel, Baillifs, Seneschaux, Preuosts, ou leurs Lieutenans, & autres nos Officiers & Iusticiers, & à chacun d'eux qu'il appartiendra, Salut. Nostre cher & bien amé Marc Antoine de Gerard, Escuyer, sieur de Sainct Amant, nous a fait remonstrer qu'il a composé vn Liure en vers, intitulé *les Oeuures du sieur de sainct Amant, seconde partie*; mais parce que ladite Impression ne se peut faire qu'auec grands frais, craignant qu'autres Imprimeurs & Libraires que ceux qu'il choisira pour ce faire & les distribuer ne voulussent faire le semblable, & faire perdre ausdits Imprimeurs & Libraires qu'il choisira leursdits frais, il nous a treshumblement supplié luy vouloir accorder nos lettres sur ce necessaires. A CES CAVSES, dsirans fauorablement traitter ledit sieur de Sainct Amant, luy auōs permis & octroyé, permettons & octroyons par ces presentes de faire imprimer la seconde partie de ses Oeuures en telle marge & caractere que bon luy semblera, par tels Imprimeurs & Libraires qu'il voudra choisir, pour iceux mettre en vente & distribuer durant le temps de dix ans entiers, à commencer du iour qu'ils seront acheuez d'imprimer, deffendant à tous autres Imprimeurs Libraires & estrãgers qui trafiquent en nostre Royaume, & autres personnes de quelque qualité & condition qu'elles soient, d'imprimer, ou faire imprimer, ny mettre en vente durant ledit temps ledit Liure dudit exposant, sous couleur de fausses marques supposees, noms des lieux & des villes, diminution, correction, ou d'autres desguisemens que ce soit, sans la permission & consentement dudit exposant, ou de ceux ayans charge de luy, sur peine de confiscation desdits liures, & de trois mil liures d'amende, & de tous despens, dommages & interests dudit exposant, à la charge d'en mettre deux exemplaires en nostre Bibliotheque publique, & vn autre exemplaire és mains de nostre tres-cher & feal le sieur Seguier, Cheualier, Chancelier de France, auant que de les exposer en vente, suiuant nostre Reglement, à peine d'estre descheu du present Priuilege. SI VOVS MANDONS que du contenu en ces presentes, vous fassiez, souffriez & laissiez iouyr ledit sieur de S. Amant plainement & paisiblement, & à ce, faire souffrir & obeyr tous ceux qu'il appartiendra, en mettant au commencement où à la fin dudit liure & œuures ces presentes, ou vn bref extraict d'icelles, Voulons qu'elles soient tenuës pour deuëment signifiees, & qu'à la collation foy soit adioustee comme au present Original. Car tel est nostre plaisir. Donné à Paris le 27. iour de Mars, l'an de grace mil six cens quarante trois, & de nostre regne le trente-troisiesme. Signé, Par le Roy en son Conseil, DEMONCEAVX.

LEdit sieur Saint-Amant a cedé & transporté le Priuilege cy-dessus à Toussainct Quinet Marchand Libraire, pour en iouïr suiuant & conformément l'accord fait entr'eux.

Acheué d'imprimer pour la premiere fois le 24. Auril 1643.

Les Exemplaires ont esté fournis.

AV LECTEVR.

IE te donne icy des Pieces dont quelques-vnes pour auoir esté trop gardées, ne sont pas seulement aussi flestries que ces vieilles Pommes de reinette qui se seruent à la fin de la Saison, mais repugnent encore à la bien-seance, & à la verité presente; car de t'entre-tenir de mes amours, & de l'estat heureux & pacifique de l'Angleterre, c'est te parler des neiges d'antan, ou te faire voir des Gazettes du Siege de la Rochelle. Mais que veux-tu? je ne suis pas responsable des changemens du Monde, & nous ne sommes pas obligez de faire imprimer à l'heure mesme, toutes les galanteries de nostre plume. En vn mot, si les Oeufs ne sont pas assez frais à ton gré, pour estre mangez en coque, fais-en des Aumelettes: Le Fromage & le Iambon auec quoy l'on en faict d'excellentes ne te manqueront point en ce lieu; & combien que ce soit en Caresme, tu en pourras manger sans dispense, si ce n'est qu'il en faille auoir pour les yeux & pour les oreilles à qui se destinét ces viandes-là. Ie ne te feray donc point d'excuses en aucune sorte, & te diray seulement que je n'ay pas daigné prendre la peine de les ajuster à la mode, ny d'en corriger le moindre deffaut. Au reste ne me condamne pas à faire amende honorable le verre d'eau au poing, deuant Bacchus, pour auoir exalté le Cidre comme je l'exalte en quelques-vns de ces Vers: j'ay tousjours sous-entendu que ce fust sans prejudice de l'illustre Piot. Cela ne tire point à consequence pour l'aduenir. Ie le declare hautement, & m'asseure pour ma justification que si durant les insuportables chaleurs d'vne Canicule, tu en auois aualé vn grand trait de pareil à celuy que je celebre, tu n'en aurois pas moins dit que moy. Sçache encore que plusieurs Compagnes de ces Pieces-cy, qui courent par tout miserablement delabrees, auroient pû grossir ce Recueil de la moitié n'estoit qu'on les a tenuës vn peu trop delicates pour souffrir le trauail de la Presse. Tu y verras à la fin vne Epistre que ie te presente pour eschantillon de quelques autres, dont j'espere te donner vn juste Volume dans quelque temps, si tu aymes les choses de haut goust, & as l'estomac capable de les digerer. Adieu.

FAVTES D'IMPRESSION, LESQVELLES je prie le Lecteur de corriger auec la plume.

PAge 9. ligne 10. au lieu de l'Art, lisez l'Arc.
Idem, ligne 12. pour sent, lisez sont.
Page 20. ligne 17. pour vent, lisez vint.
Page 26. ligne 4. pour toire, lisez taire.
Page 51. ligne 18. pour Ceruelat, lisez Cernelas.
Idem, ligne 22. pour du Bilot, lisez de Bilot.
Page 66. ligne 1. pour fameu, lisez fameux.
Page 67. ligne 17. il y a vne f retournee au mot de force.
Page 70. ligne 3. pour nouueon, lisez nouueau.
Page 77. ligne 6. pour animont, lisez animant.
Page 88. ligne 16. pour chantant, lisez chantent.
Page 99. ligne 13. pour renuoye, lisez reuoye.
Page 101. ligne 2. il manque vn A au premier mot pour faire Au.
Page 106. ligne 15. yurongre, lisez yurongne.
Page 108. ligne 1. pour Fernambourc, lisez Fernambouc.
Page 111. au titre de Bachiques ostez de.
Page 115. ligne 19. pour l'Orpo-table qui est mal arrangé, lisez l'Or-potable.
Page 125. ligne 11. pour se, lisez ce.
Page 135. ligne 15. pour Espagnol, lisez Espagnols.
Page 137. ligne 4. pour ces, lisez ses.
Page 138. corrigez le chiffre qui est mal marqué 381.
Idem, ligne 11. pour quitaine, lisez quintaine. Je n'ay point corrigé les fautes de ponctuation, car elles sont infinies, & il auroit falu r'imprimer tout le Liure.

TABLE DES PIECES CONTENVES *en la seconde partie des Oeuures du sieur de Saint-Amant.*

FIN.

LES OEUVRES DU SIEUR DE SAINT-AMANT.

SECONDE PARTIE.

L'AMARANTE.

A Quel poinct de folie, & de temerité
Contre mon vouloir propre, Amour, m'as-tu porté?
Je m'estois resolu malgré ta violence
De retenir mes pleurs, d'obseruer le silence,

De déguiſer ſi bien mes maux & mes plaiſirs
Qu'à peine mes penſers auroient ſceu mes deſirs;
Que de peur d'éuenter mes ardeurs nompareilles
Ma voix ſeroit en garde auecques mes Oreilles;
Que mon Eſprit jaloux s'immolant au reſpect
Se treuueroit luy-meſme à luy-meſme ſuſpect;
Qu'à ma fin douloureuſe vn iour ma ſeule cendre
Pourroit de mon brazier quelques indices rendre,
Et qu'au dernier ſoupir ma chaſte paſſion
Enterreroit ce feu ſous la diſcretion;
Et cependant ma bouche infidelle à mon ame
Oubliant tout deuoir vient d'en trahir la flame,
Ie l'ay fait éclater, i'ay parlé, i'ay gemy
Deuant ce beau Soleil mon aymable ennemy,
Et i'ay bien eu l'audace apres vn ſi grand crime
De ſuplier ſes yeux d'auouër pour victime
Agreable à ſon cœur, le mien que ſes appas
Menent comme en triomphe au chemin du treſpas.
O langue trop hardie! ô licence effrenée!
O faute ſans exemple! ô Ciel! ô deſtinée!
Qui gouuernes mes iours, & n'as deu qu'à regret
Conſentir au deſſein de rompre mon ſecret,
Que ie me ſens coupable, & combien i'ay d'enuie
D'expier par ma mort les erreurs de ma vie!

Depuis ſept mois entiers, nombre miſterieux,
Que i'adore captif cet objet glorieux,
Ce Miracle d'honneur, de vertus, & de charmes,
Cette illuſtre Beauté doux ſujet de mes larmes,
Depuis l'heureux moment qu'en ſi claire priſon
Ma liberté ſe mit auecques ma raiſon,
Et que navré d'amour, mon iugement eſſaye
Non pas de me guerir, mais de cacher ma playe,
Un ſort delicieux m'a ſouuent fait ioüir
Du plaiſir de la voir, du bon-heur de l'oüir,
D'admirer de ſa main l'agile & mol albaſtre,
Quand auec des accens que l'oreille idolaſtre,
Sur les nerfs d'vn bois creux qui chante, & qui ſe plaint.
Qui m'eſueille & m'endort, me flatte & me contraint;
Ses doigts harmonieux font aux miens telle honte
Que de leur melodie on ne fait plus de conte.
I'ay veu ſes beaux Cheueux blons charmes des regars
Sous l'yuoire d'vn peigne à l'entour d'elle eſpars
Repreſenter au vray le Pactole en ſa ſource,
Qui d'vn haut Marbre blanc faiſant naiſtre ſa courſe,
Tombe à gros boüillons d'or, & loin de ſoy s'enfuit,
Excepté qu'en leur cheute ils ne font point de bruit.
C'eſt ainſi qu'au matin l'Aurore eſcheuelée
Vient annoncer le iour ſur la voûte eſtoilée;

C'est ainsi que Diane autrefois apparut
Aux yeux de l'Indiscret qui son ire encourut,
Quand surprise dans l'eau, sa main aussi tost preste
De cacher son beau Corps auec sa propre teste,
Luy construisit en haste vn voile flamboyant,
Des vifs & longs rayons de son poil ondoyant,
Et voulut que son soin obtinst le priuilege
De pouuoir par du feu conseruer de la nége.
Je l'ay veuë en maint lieu pour le Bal ordonné,
De Cristaux suspendus richement couronné,
Ou plustost de Glaçons d'où s'exhaloyent des flames,
Gagner d'vn seul regard les plus superbes ames,
Ternir les Diamans que le luxe y portoit,
Esbloüir les Flambeaux dont la Salle esclatoit,
Et former de ses pieds de si nombreux misteres
De si beaux entrelas, de si doux carracteres,
Tracez auec tant d'art pour enchanter les Dieux
Et pour tirer à soy les Esprits par les yeux,
Que les Chiffres sacrez de l'obscure Magie
Pour forcer les Demons ont bien moins d'energie.
J'ay veu les beaux tresors de ses deux Monts de lait
S'enfler aymablement sous vn jaloux collet,
Qui fasché que leur teint rende sa blancheur noire
Tasche au moins d'en couurir la moitié de la gloire,

Mais pour estre trop fin il n'en sçait rien cacher,
Il trahit ce qu'il baise, & ne peut empescher
Qu'au trauers des deuants dont l'œil perce l'obstacle
L'on ne ioüysse à plein d'vn si rare spectacle.
J'ay gousté seul à seul l'adorable entretien
Que forme son Esprit, sa voix & son maintien,
Qui tous trois sans pareils en graces amoureuses,
Rendant comme les yeux les oreilles heureuses,
Donnent aux moindres mots des charmes si puissans
Par les gestes diserts, & les tons rauissans,
Que l'Eloquence mesme a sa bouche attachée,
D'oser luy repartir seroit bien empeschée.
O Bouche! ô belle Bouche! ô quand on vous entend,
Quand on vous oit chanter, Dieux! que l'on est content!
Vn doux Air qui murmure & passe entre des roses
Ne nous fait point sentir de si diuines choses.
Hé! chantez donc tousiours; vos Rubis animez
Ne deuroient ce me semble estre iamais fermez;
Toutesfois ie me trompe, Amour veut qu'ils se taisent,
Afin qu'en se pressant eux-mesmes ils se baisent.
Nul n'en est digne qu'eux; ie n'en suis point jalous,
Levres baisez vous donc, sans cesse baisez vous,
Mais non pas sans parler; le silence est vn crime
A quiconque en beaux traits si noblement s'exprime;

Faites & l'vn & l'autre en discourant d'aymer,
Prononcez-en le mot, ou daignez me nommer,
Et i'auray cette gloire en l'ardeur qui m'emporte
D'estre dans vos baisers admis en quelque sorte.
Ha! ie me laisse aller à trop d'ambition;
C'est changer le respect en indiscretion,
Dites-moy que ie meure, & ioyeux de vous plaire
On me verra soudain obeïr & le faire:
Ouy, ie mourray ioyeux si vous me l'ordonnez,
Aussi bien les ennuis qui me sont destinez
Estans trop violents pour estre perdurables,
Mettront bien-tost vn terme à mes iours miserables.
En fin, pour reuenir à mon triste sujet,
I'ay d'vn accés facile approché cet objet,
I'ay de cette Beauté de tant d'attraits pourueuë,
Satisfait à plaisir mon ouye & ma veuë,
I'ay, si ie l'ose dire, ô supresme bon-heur!
I'ay dans la bien-seance eu maintesfois l'honneur,
Sous les loix du salut qui le toucher auouë,
De succer librement les roses de sa ioüe,
Et par mon imprudence à descouurir mon feu,
Par mon audace extresme à declarer le vœu
Que sur l'Autel d'Amour i'ay fait sans artifice,
D'offrir à ses appas mon cœur en sacrifice,

Ie me verray priué peut-eſtre pour iamais,
De voir ces beaux Soleils à qui ie me ſoumets,
Et de qui me ſeroit l'abſence plus cruelle
Que l'horreur d'vne mort dure & perpetuelle.
Vrayment c'eſt bien à moy de m'en piquer auſſi,
Elle qui des Dieux ſeuls doit eſtre le ſoucy,
Elle dont tout Paris admire les merueilles,
Elle a qui nous deuons tous les fruits de nos veilles,
Elle que cent Galands de ſuite accompagnez,
Cent Amoureux diſcrets, ieunes, & bien peignez,
Trouuent ſourde à leurs vœux, oſerois-ie pretendre
Qu'en mon poil desja gris elle voulut m'entendre?
Mais c'eſt mal raiſonner pour vn Amant expert;
De propos en propos mon iugement ſe pert.
On diroit à m'oüir qu'il dépend de mon Ame
De s'embrazer ou non d'vne ſi belle flame;
Comme ſi de tout temps le Deſtin ſouuerain,
Par vn Arreſt fatal graué dans de l'airain
N'auoit pas reſolu ſur la Voûte eſclairante
Qu'on me verroit vn iour bruſler pour Amarante,
Et comme ſi dans l'heur de languir en ſes fers
Où ie trouue à la fois mes Cieux & mes Enfers,
La volonté du Sort, quoy qu'enfin il m'aduienne
Ne deuoit pas regler & conduire la mienne.

ODE.

A LEVRS SERENISSIMES MAIESTEZ de la Grand' Bretaigne.

De l'année 1631.

DIeux! en quel aymable ſejour,
En quel lieu de gloire & d'amour
M'ont conduit Zephire & Neptune?
Suis-ie en ce doux Climat des Aſtres adoré,
Où bien loin de toute infortune,
Les Cieux font refleurir le beau Siecle doré?

Ce plaiſant Fleuue que ie voy
Se couler ſi bien apres ſoy,
Fent-il les Champs de l'Angleterre?
Preſſay-ie ce terroir aux herbages eſpais,
Qui voit toute l'Europe en guerre
Cependant qu'il ioüit d'vne eternelle paix.

Ouy,

Ouy, c'est ce Païs bien-heureux
Qu'auec des regards amoureux
Le reste du Monde contemple;
C'est cette Isle fameuse où tant d'Auanturiers,
Et tant de Beautez sans exemple
Ioignirent autresfois les Myrthes aux Lauriers.

Icy, predisant maint destin,
Vn Homme engendré d'vn Lutin
Sema de merueilleux Oracles;
Icy fut esprouué l'Art des loyaux Amans,
Bref, c'est la source des miracles
Dont se sont enrichis les plus nobles Romans.

Mais ny ce parfait Amadis
Supréme honneur du temps jadis,
Ny cette admirable Oriane,
Ne pourroient auiourd'huy faire comparaison
Sans vne vanité profane,
Auec ce Couple sainct qui regne en leur Maison.

Le Soleil n'a rien veu de tel;
Il n'eſt point de ſage mortel
Qui ne le reuere en ſon ame,
Et qui n'auouë auſſi que le Vainqueur des Dieux,
N'embraſa iamais de ſa flame
Deux plus dignes objets, ny plus cheris des Cieux.

Pour moy faiſant reflexion
Sur la fidelle paſſion
Où leur chaſte cœur s'abandonne,
Et voyant tant de gloire en leurs feux eſclater
Ie croy que leur triple Couronne
Vaut moins que celle-là qu'Amour leur fait porter.

O Roy qui marches ſans eſgal,
O Reyne qu'vn nœu conjugal
Sous vn ſi beau Sort apparie,
Prodiges d'amitié, de vertus & d'appas,
Grand CHARLES, diuine MARIE,
Qu'on ſeroit criminel de ne vous louër pas!

Certes, tout le tesmoigne bien,
Puis qu'en la Nature il n'est rien
Qui ne celebre vos merites,
Que le plus insensible en a du sentiment,
Et que vos graces sont escrites
En viues lettres d'or au front du Firmament.

Cét Arbre qui par vn bon-heur,
A HOTLAND, par foix à l'honneur
De vous fournir de siege & d'ombre,
Meu d'vn certain esprit qui le faisant branler,
Esgayoit son fueillage sombre,
Tout rauy, l'autre iour me sembloit en parler.

C'estoit sur le point que la Nuit
Poursuiuant l'Astre qu'elle fuit,
Recommence à tendre ses voiles,
Et que les Vers-luysans, vrais flambeaux des guérets,
Brillant à l'enuy des Estoiles,
Esclairent aux Fourmis à desrober Cérés.

I'estois sorty seul pour resuer,
Taschant à part-moy d'esleuer
Quelque ouurage à vostre loüange,
Quand sous cét Arbre heureux, où mes pas s'adressoiẽt,
Touché d'vne douceur estrange,
Ie vy paroistre en rond des Vierges qui dançoyent.

A leur riche habit degoutant
Ie les iugeay tout à l'instant
Pour les Nimphes de la Tamise,
Qui pour voir cette place où vous auiez esté,
Sous vne licence permise,
Dans son lit de Roseaux leur Pere auoient quitté.

Saisi de crainte & de respect,
A l'abord d'vn si graue aspect.
Ie deuins comme vne statue,
Mais en fin mon desir puissant & curieux,
Gagnant mon Ame combatue,
Sur ma timidité resta victorieux.

Lors m'aprochant de ces Beautez,
Où plustost de ces Deïtez,
Ie fus tout yeux & tout oreilles,
I'admiray leur maintien, leur taille & leur façon,
Mais dessus toutes ces merueilles,
Ie demeuray charmé d'entendre leur chançon.

Et combien que mon souuenir
En ait sçeu fort peu retenir,
Tant s'en faut qu'il la sache entiere,
Ie sçay bien toutesfois que vos sainctes amours
En estoient l'illustre matiere,
Et que vous seulement en formiez le discours.

Je sçay bien qu'on n'ouyt iamais
Sur la Montagne à deux sommets
Des paroles mieux ordonnées,
Et que iamais son Prince, en qui loge le soing
De vanter les grands hymenées,
Pour vn plus doux concert ne mit l'Archet au poing.

Tantost, publiant les vertus
Dont vos Esprits sont reuestus,
Elles faisoyent creuer l'enuie;
Tantost, elles chantoyent les plaisirs innocens
Que vous gouſtez en cette vie,
Et tantost, vos ardeurs brilloient en leurs accens.

Là, s'estendant sur vos attraits,
Elles animoyent deux portraits
A qui tout œil doit rendre hommage;
L'auguste front de l'vn representoit vn Dieu,
Et l'autre estoit la vraye image
De la Majesté mesme, aßise en vn beau lieu.

De quel air estoit-là dépeint
Le vif esclat de vostre teint
Princesse d'immortelle race?
Que n'y disoit-on point de vos yeux nompareils,
Et de voir comme en vostre face
La neige se conserue auprez de deux soleils?

Mais en quel sublime degré
Leur voix loüoit-elle à mon gré
La vostre où tant de grace abonde ?
La vostre dont le son a des charmes si dous
Que nul que l'Echò seul au monde
Ne s'oseroit offrir de chanter apres vous ?

Bref, de tant de rares tresors
Qui font vostre Ame & vostre Corps
Qu'oublierent-elles à dire ?
Encore que ma plume, auecques verité,
Dans ces Vers pourroit faire lire
Que vous en possedez plus d'vne infinité ?

Tous les Rossignols d'alentour,
Qu'on oit se plaindre & Nuit & Iour,
D'vne lasciue tirannie,
Coupans l'air de leur aile aux mouuemens soudains,
Pour jouïr de cette harmonie,
Se venoyent-là percher sur les testes des Dains.

Ce Demon tranquille & ſecret,
Qui cheminant d'vn pas diſcret
Aſſoupit toute violence,
De leurs diuins accors eſtoit ſi bien ſéduit
Qu'il faiſoit voir que le ſilence
Peut en quelque façon eſtre amoureux du bruit.

Mainte Eſtoile tombant des Cieux,
Et diſparoiſſant de mes yeux
Comme vne choſe eſuanouye,
Sembloit deſcendre en terre, auecques le deſſein
D'y changer ſa veuë en ouye,
Pour eſcouter la voix qui partoit de leur ſein.

Les Cygales, & les Grillons
Trauerſant en paix les ſillons,
Pres d'elles taſchoient à ſe rendre,
Et les plus rudes Vents, de merueille comblez,
Dans le plaiſir de les entendre,
Souffloyent moins qu'il ne faut pour agiter les blez.

Cependant,

Cependant, ô Roy sans esgal,
O Reyne qu'vn nœu conjugal
Sous vn si beau Sort apparie;
Tout ce qui venoit-là de l'Aube ou du Couchant
Tesmoignoit que sans flaterie,
C'estoit pour le discours plustost que pour le Chant.

C'estoit pour complaire au desir
D'oüir reciter à loisir
Vos perfections admirables,
Apprenant qu'en l'estat qui vous fait reuerer,
On vous diroit incomparables
N'estoit que l'vn à l'autre on vous peut comparer.

O clair ornement de nos jours,
Couple sacré, le vray recours
De toutes les Vertus ensemble;
Vueille l'Esprit fatal qui regit les Humains,
D'vn Sceptre sous qui l'Enfer tremble,
Laisser cent Ans le vostre en vos royales mains.

Vueille continuer le Ciel
A vous faire gouster le miel
Des heureux presens de Lucine ;
Et puissent ces doux fruits de vos affections,
Monstrer comme de leur racine
Il ne peut prouenir que d'illustres Scions.

ELEGIE.

QVe dira-t'on de moy ſi ie ne dis rien d'elle?
Si mes yeux ayant veu cet vnique modelle
Des plus majeſtueux, & plus brillans appas
Mon cœur laſche, & muet ne le teſmoigne pas?
Bien; j'en parleray donc; mais ô Dieux qu'en diray-je?
Car de luy faire vn teint qui ſurpaſſe la neige
Quand elle vient couurir les Monts de ſa blancheur;
D'y meſler mainte roſe en ſa pure freſcheur;
De luy parer le front de deux Eſtoiles viues;
D'honorer ſes cheueux de mille Ames captiues;
De former d'vn Ruby la Porte de ſa vois;
De chanter que d'vn Pin qui regne dans les Bois
Nature luy donna la beauté de la taille;
Bref ſur vn tel ſujet ne dire rien qui vaille
Et dire cependant ce qu'on peut de ſubtil,
Si ce n'eſt meſme choſe helas! que s'en faut-il!
Parlons donc pour le moins de l'ardeur agreable,
Du tourment amoureux, du plaiſir incroyable
Que j'eus à ſon abord bien qu'à peine vn moment
Me laiſſa poſſeſſeur de ce contentement.

Mais ce que j'entreprens est-il moins dificile?
Le feu perpetuel qui flambe en la Sicile
Est-il plus violent quand il va iusqu'aux Cieux
Que celuy que l'Amour m'a versé par les yeux?
Et parmy tout cela, dans ces diuines Plaines
Où les heureux Esprits sont payez de leurs peines,
Treuue-t'on rien d'esgal au bien que j'ay gousté
Deuant ce bel Objet dont ie suis enchanté?
Trois Ans s'estoient coulez depuis que ma franchise
Apres auoir rompu les chaisnes de Belise,
Et fait sauuer mon cœur esclaue en sa prison
Auoit remis mes sens au train de la raison:
Je m'en glorifiois mesme auec insolence,
Quand cét Archer ailé de qui la vigilence
Est tousiours en embusche afin de r'atraper
Ceux qui de ses liens se pensent eschaper,
Me tendant vn filet, s'en veut à l'impourueuë
Ietter sur moy la main au détour d'vne ruë
Où plein d'estonnement ie me vis arresté,
Où rauy i'adoray cette illustre Beauté,
Qui comme vne autre Flore apparoissant couuerte
Des tresors du Printemps, & d'vne robe verte,
Et se monstrant debout sur le pas de son huis
Me combla pour iamais de mille doux ennuis.

O Destin! m'escriay-ie en voyant ces merueilles,
Ce precieux amas de graces nompareilles,
En quel piége mortel à force d'estre beau
M'as-tu conduit icy pour choir dans le tombeau?
Ie n'eus pas le loisir d'acheuer cette plainte
Que me laissant navré d'vne profonde attainte,
Elle se retira plus viste qu'vn esclair
Qui nous vient esblouïr & qui se pert en l'Air:
Et combien que ce fut par vne sombre Allée
Qu'elle prit son chemin, ou plustost sa vollée,
Le glorieux esclat de ses diuins attraits
Illumina le lieu long-temps encore aprés.
Mais vne obscurité s'emparant de mon Ame
Malgré cette lumiere, & celle de ma flame,
Aussi-tost me frapa d'vn tel aueuglement,
Et mit vn tel desordre en mon entendement
Par le cruel effet d'vne si pronte absence,
Dont le coup m'outrageoit auec tant de licence,
Que ie fus plus d'vne heure auant que de sçauoir
Ce que j'auois à faire en ce nouueau deuoir.
Tantost ie m'ingérois, j'entens de la pensée,
De courir apres elle, & la teste baissée
M'en aller dans sa chambre à ses beaux yeux m'offrir,
Mais mon sage respect ne le pouuoit souffrir.

Tantost ie portois l'œil en haut à sa fenestre
Pour voir si comme vn iour qui ne fait que de naistre,
Au trauers de la vitre oposée à mon bien,
De cét Astre caché ie n'aperceurois rien.
Et me voyant frustré de cette chere attente,
Le sein enflé de dueil, la face mal-contente,
Apres auoir en fin remarqué la Maison
Où gist de ma douleur la seule guerison,
Apres m'estre informé, d'vne voix curieuse,
Du beau nom, & du rang de ma Victorieuse,
Afin d'en conceuoir ma perte, ou mon salut;
Ie me laissay porter où mon destin voulut.
En ce resueur estat ie fay toute la Ville,
Heurtant l'vn, choquant l'autre, & d'vne ame inciuille
Sans saluër Amy, Dame, ny Cordon bleu,
Sur l'Eau, pour quelque temps, ie proméne mon feu.
Les Passans du Pont-neuf considerans ma mine
Dans l'estourdissement qui sur mes sens domine,
Pensent que ie sois yure, & me monstrans au doigt
Iugent du plus caché par ce que l'on en voit.
Las! ie l'estois aussi, mais qu'aucun ne m'en blâme;
Je l'estois d'auoir beu d'vn breuuage de flame
Qui se prend par les yeux, & qui va droit au cœur
Où l'amour l'introduit en guise de liqueur.

De là, fauorisé de mon heureux Genie
Qui m'aßista tousiours durant cette manie,
Au coucher de Phebus, ie fus tout estonné
Que ie reuy l'aspect du Pourprix fortuné
Où comme en son Olimpe habite ma Deesse;
Ie m'arreste außi-tost, humble, ie le carresse
Puis à maint long soupir ayant lasché le cours
Je luy tiens à part-moy cét aymable discours.

Gentil effect de l'Art, pompeuse Architecture
Qui receles en toy l'honneur de la Nature,
Beau Rocher, où se voit le plus beau Diamant
Que jamais le Soleil ait fait en s'animant,
Celeste Tabernacle, amoureux Domicile,
Ton glorieux accez me sera-t'il facile?
Et sans que mon espoir ait trop de vanité,
Puis-je croire qu'vn iour cette Diuinité,
Qui fait dans ton enclos sa belle residence,
Souffre en fin que ma bouche y mette en euidence,
Deuant son clair Autel, la violente ardeur
Dont ma foy se dispose à seruir sa Grandeur?
Mes vœux atteindront-ils au bon-heur de luy plaire?
Oseray-je pretendre à quelque doux salaire
Que ie borne au souhait de sa compaßion,
Quand elle connoistra ma pure affection,

Parmy les mouuemens que dans nos cœurs excite
L'impetueux effort d'vn penser illicite,
Et parmy les ennuis qui me sont préparez,
Outre les maux presens, & les maux endurez?
Ouy les maux endurez; ie les veux mettre en conte;
Car combien que leur terme a peu de chose monte
Ils m'ont semblé des-jà si longs, & si cuisans,
Qu'ils me font reputer les heures pour des Ans.
Au bout de ces propos, enfans d'vn beau martire,
Deuers l'Hostel de Rets à pas forcez ie tire,
Et trouuant mon cher DVC, mon Maistre sans pareil
Qui fait à son plaisir, mon Sort pasle ou vermeil,
Ie luy dis à l'écart le tourment qui m'oppresse,
Et comme il semble à voir que par vne Maistresse,
Le doux Tiran des cœurs luy vueille disputer
Le Sceptre de mon Ame, & sur luy l'emporter.
Mais, le Courtois qu'il est, tāt s'en faut qu'il s'en fasche;
Il dit qu'il en est aise, & que sa main le lasche
Auec condition que regnans à moitié,
Elle aura mon amour, & luy mon amitié.

REGRETS.

I'Ay veu respandre des larmes
A ces beaux Vainqueurs
Où brille avec tant de charmes
Le doux Roy des Cœurs:
I'ay veu les yeux que j'adore,
Imiter pour moy l'Aurore
Au leuer du jour,
Et je n'ay pas fait encore
Un excez d'amour?

I'ay veu ma chere Céphise,
D'vn soupir ardant,
Montrer comme elle est éprise,
En me regardant:
I'ay veu son beau sein d'yuoire
Prez de qui la Neige est noire,
Esmeu de mon Sort,
Et ie n'ay pas pour sa gloire
Enduré la mort?

L'ESTE' DE ROME.

SONNET.

QVelle estrange Chaleur nous vient icy brûler?
Sommes-nous transportez sous la Zône-torride?
Ou quelqu'autre jmprudent a-t'il lasché la bride
Aux lumineux Cheuaux qu'on voit estinceler?

La Terre en ce Climat, contrainte à panteler,
Sous l'ardeur des rayons, s'entre-fend & se ride,
Et tout le Champ romain n'est plus qu'vn sable aride
D'où nulle fresche humeur ne se peut exhaler.

Les furieux regars de l'aspre Canicule
Forcent mesme le Tibre à perir comme Hercule,
Dessous l'ombrage sec des joncs, & des roseaux:

Sa qualité de Dieu ne l'en sçauroit deffendre;
Et le Vase natal, d'où s'escoulent ses eaux,
Sera l'Vrne funeste, où l'on mettra sa cendre.

L'HIVER DES ALPES

SONNET.

CEs atômes de feu, qui ſur la Neige brillent,
Ces eſtincelles d'or, d'azur, & de criſtal,
Dont l'Hiuer, au Soleil, d'vn luſtre oriental
Pare ſes Cheueux blancs, que les Vents eſparpillent:

Ce beau Cotton du Ciel, de quoy les monts s'habillent,
Ce paué tranſparant, fait du ſecond metal,
Et cet Air net, & ſain, propre à l'eſprit vital,
Sont ſi doux à mes yeux, que d'aiſe ils en pétillent.

Cette Saiſon me plaiſt, j'en ayme la froideur,
Sa Robbe d'innocence, & de pure ſplendeur,
Couure en quelque façon les crimes de la Terre:

Au prix du dernier chaut ce temps m'eſt gracieux;
Et ſi la Mort m'atrappe en ce chemin de verre,
Ie ne ſçaurois auoir qu'vn Tombeau precieux.

EPIGRAMME.

A MONSEIGNEVR LE CHANCELIER.

ENtre tant de viues Merueilles
Dont nos jardins sont embellis,
Pour toy, grand SEGVIER, *les Abeilles*
Ne volent plus que sur les Lis :
Le Miel s'en gouste en ton bien-dire ;
Et leurs Roys seuls en font la Cire,
Au profit de tous les Humains,
Depuis qu'au merite octroyée,
Elle a l'honneur d'estre employée
Sous LOVYS, *par tes nobles mains.*

LA PLAINTE DE TIRSIS.

DAns l'horreur d'vn Bois ſolitaire,
Où malgré l'œil du jour, regne en tout tẽps la nuit,
TIRSIS, loing du Monde qu'il fuit,
Ne pouuant plus ſe taire,
Chantoit en pleurs, le doux & triſte Sort
Qui le liure à la Mort.

C'eſt donc vne choſe arreſtée,
(Diſoit ce pauure Amant, plein d'ardeur, & de foy)
Que ie ſouffre à jamais pour toy
Cruelle Paſithée?
Et que ton Cœur au lieu d'en ſoupirer
Feigne de l'ignorer?

Tes beaux yeux les Rois de mon ame,
Aprés m'auoir ſoumis à leur diuin pouuoir,
Feront ſemblant de ne point voir
Ma viue & pure flame?
Et ton oreille entendra, ſans pitié,
Gemir mon amitié?

Ha! rigueur trop longue, & trop dure!
C'en eſt fait, ie me rends à ta fiere mercy.
En vain ces Houlx flattent icy
Mes maux, de leur verdure:
Il faut perir; Amour ne m'offre en eux
Qu'vn Eſpoir eſpineux.

Comme il acheuoit cette plainte,
Vn long cry de Hybou, douloureux & tremblant,
D'vn mortel effort l'accablant,
Le fit paſlir de crainte;
Et maint Aſpic ſiflant autour de luy
Redoubla ſon ennuy.

Vn Ruisseau plein d'inquietude,
Murmurant sur le dos d'vn aspre, & vieux Rocher
Du mal qu'il auoit à marcher
En vn chemin si rude,
Representoit le lamentable cours
De ses penibles jours.

Le tronc noir & sec, d'vn Erable,
Par le courroux du Ciel, foudroyé depuis-peu,
Ne luy presageoit en son feu
Qu'vne fin miserable:
Tous les Objets y sembloyent conspirer,
Et luy la desirer.

ELEGIE

AMarante est malade, & je ne suis pas mort?
Ha! c'est trop balancé, terminons nostre Sort;
Et ne permettons pas qu'vne crainte honteuse
Rende aux Siecles futurs ma paßion douteuse.
Si ie vis vn moment, si de ma propre main
Ie ne suis à ce coup à moy-mesme inhumain,
Ma froide lascheté deshonorant ma flame
Du tiltre d'jmposteur me causera le blasme;
On tiendra mes souspirs pour außi mensongers
Qu'ils sont de leur nature ardents, pronts & legers;
Mes langueurs, mes regrets, mes plus saintes paroles
Passeront en amour pour des contes friuoles;
On dira que mes pleurs, on dira que mes cris
Dont le son mesme est peint en mes tristes Escrits,
N'estant point d'vn vray mal les lamentables signes
D'vne juste pitié seront vrayment indignes;
Et que puis que mon œil sans en estre reduit
Dans la profonde horreur de l'eternelle Nuit,
A bien pû voir souffrir tant d'attraits, & de charmes;
Jl ne merite point que l'on croye à ses larmes.

MADRI-

MADRIGAL.

IMITE' EN PARTIE DE L'ITALIEN DU CAVALIER MARIN.

Cette fiere Beauté que mon Ame idolastre,
A les bras, & les mains, & la gorge d'albastre;
D'vn cinabre viuant son teint est embelly;
Sa bouche est d'vn coral, où des perles éclattent;
Son visage, & son corps, faicts d'vn marbre poly,
Le prix de la blancheur à la neige debattent;
Et ses yeux si charmans,
Aussi bien que son cœur, sont de vrays diamans;
Doy-je donc m'estonner de la treuuer si dure
Aux peines que j'endure,
Puis que pour mon malheur, le Ciel qui la formà,
La fit toute de Pierre, & Roche la nommà?

CAZAL SECOVRV.

SONNET.

IVsqu'aux Cieux, ô Cazal, pousse des cris de joye;
Te voylà garanty d'vn eternel affront:
Le braue & grand Harcourt aux combats fier & pront,
Contre tes Oppresseurs sa vaillance desploye.

Tel qu'vn Aigle irrité qui fond dessus la proye,
Il fond sur l'Espagnol, il le heurte, il le ront,
Et d'vn bras glorieux, se couronnant le front,
Du superbe Ennemy les Lauriers il foudroye.

Les Isles du Leuant auoyent connu son Cœur
Quand il s'en vint chercher, sous vn Astre vainqueur,
En vn plus ample Champ vne plus noble Guerre;

Mais, à voir les Exploits qu'il a faits aujourd'huy,
Je pense auec raison qu'enfin toute la Terre
Sera, comme, la Mer trop estroite pour luy.

ARRAS PRIS.

SONNET.

CEs fiers & beaux Rẽpars ceints de vastes Abimes,
Ces Tours, de l'art humain les rochers sourcilleux,
Cedans aux durs effors d'vn Siege merueilleux
Ont en fin reconnu nos Armes legitimes.

Ceux qui les deffendoyent ont esté les victimes
Offertes au Demon fatal aux Orgueilleux,
Et tant plus leur abord s'est montré perilleux,
Tant plus nos Conquerans ont paru magnanimes.

Leur Secours formidable, auec tout son pouuoir,
N'a quoy qu'il ait tenté, seruy qu'à faire voir
Le triste éuénement d'vne entreprise vaine.

Des-jà des Lys sacrez ARRAS benit l'odeur;
Et d'vn esclat diuin, la Pourpre de la Seine,
De la Pourpre du Tage efface la splendeur.

STANCES,

Sur les yeux de Mlle de V[ré].

BEaux yeux innocens & coupables
De tant de meurtres amoureux,
Clairs objets doux & rigoureux,
De quel trionfe altier n'estes vous point capables?
En vain mon cœur s'estoit promis,
O chers & brillans ennemis,
De resister contre vos charmes,
Il s'allume, il vous rend les armes,
Et fait gloire d'estre sousmis.

O Dieu, combien la Renommée
Est injuste à vostre splendeur!
Que de rayons si pleins d'ardeur
L'adorable merueille au monde est peu semée!
Il faut que l'esclat de mes Vers
Vous montrant à tout l'Vniuers
Esbloüisse toutes les ames,
Et que je peigne auec des flames
Deux nouueaux Astres descouuers.

Il faut que dans cette peinture
Dont l'art doit estre sans pareil,
Vn sacrifice du Soleil
Soit fait à vostre honneur des mains de la Nature:
Il faut que les autres beautez
Où viuent ses feux empruntez,
S'eclipsent apres mon ouurage,
Et que d'vn lumineux outrage
J'efface toutes les clartez.

Mais, ô vifs tresors de lumiere,
Sources d'appas estincelans,
Vous poussez des traits si brûlans
Qu'à peine soustient-on leur atteinte premiere.
A peine, comblé de plaisir,
Ay-je l'agreable loisir
De voir l'esclair de vos prunelles,
Que dans les miennes criminelles
Ie sens foudroyer mon desir.

Ouy, criminelles je les nomme,
Et bien dignes d'aueuglement,
D'oser ſe tourner ſeulement
Vers des objets trop hauts pour les regars d'vn homme:
Les Dieux ſeuls peuuent aſpirer
A la gloire de ſe mirer
En de ſi precieuſes glaces,
Et moy, ſur de plus humble traces,
A l'honneur de vous adorer.

CHANSON

INgrate & cruelle Siluie,
Ie m'en vay contenter l'enuie
Qui te porte à me voir perir;
C'en est fait, je n'ay plus de vie
Qu'autant qu'il en faut pour mourir.

Au tombeau le Sort me conuie,
La clarté m'est des-jà rauie,
Et rien ne peut me secourir;
C'en est fait, &c.

Pour t'auoir si long-temps seruie
Voy ma fin, sois-en assouuie,
Ce seul bien j'ose requerir;
C'en est fait, &c.

CAPRICE.

TOus nos Melons sont fricassez;
Adieu les plaisirs de la bouche:
Les Cieux contre nous courroucez
Les font pourrir dessus la Couche.
Il a tant pleu tout aujourd'huy
Que mon cœur en seche d'ennuy,
Pensant à ce desastre insigne;
Et si cette abondance d'eau
N'estoit ailleurs propre à la Vigne
Ie ferois jouër le cordeau.

Qu'extrauagant est le Destin
Dans sa fatalité secrette,
De ne pouuoir plaire à Catin
Sans faire dépit à Perrette!
Nos ris sont des autres les pleurs;
Nos espines leur sont des fleurs;
Si Iacques pert Thomas y gagne:
Le bien dont la France joüit
Est le desespoir de l'Espagne,
Qui de dueil s'en éuanoüit.

Mais, où m'emporte ce discours?
Je fais icy le Philosophe;
Muse colere, à mon secours;
Fourny moy de plus rude étoffe:
Sus, retourne à ces pauures fruits
Qu'vn second Deluge a destruits
Par vn horrible violence,
Et crie à gozier déployé
Qu'apres vne telle insolence
Tu voudrois qu'il eust tout noyé.

Quoy, cét An bornera ses pas
Sans que j'en soule mon enuie,
Et je ne l'effaceray pas
Du nombre de ceux de ma vie?
Si feray-d'à, je le promets;
Il ne s'en parlera jamais
Si l'âge futur m'en veut croire:
Oste-toy six cens trente-deux,
Ou ne te monstre dans l'Histoire
Que comme vn fantosme hideux.

Que ſi quelque belle action
S'eſt faitte pendant ta durée,
Qu'elle paſſe pour fiction,
Ou bien qu'elle ſoit ignorée:
Et qu'au rebours tous les forfaits,
Tous les maux que mille Ans ont faits,
Tous les crimes les plus énormes;
Sous les vilains Mois ennemis,
Dont ton chien de regne tu formes,
Soyent crùs auoir eſté commis.

LE MAUVAIS LOGEMENT.

CAPRICE.

Gisté dans vn chien de grabat,
Sur vn infame lit de plume,
Entre deux draps teins d'apostume,
Où la Vermine me combat :
Ie passe les plus tristes heures
Qui dans les mortelles Demeures
Puissent affliger les Esprits ;
Et la Nuit si longue m'y semble,
Que je croy qu'elle ait entrepris
D'en joindre vne douzaine ensemble.

Parmy tant d'incommoditez,
Ie conte tous les coups de Cloche ;
Et comme vn Oyſon à la broche
Ie me tourne de tous coſtez :
Vne vilaine Couuerture
Relique de la pourriture,
Malgré moy s'offre à me baiſer ;
Mais, ſi je luy deffens ma bouche,
Je ne ſçaurois luy refuſer
Qu'à mes jambes elle ne touche.

Elle ſe plante les linceuls
Qui ſe ſauuent dans la ruelle ;
Mais pour fuïr cette cruelle
Les pauurets n'y vont pas tous ſeuls :
Vu Manteau de laine d'Eſpagne
En ce chemin les accompagné,
Du trauail à demy ſuant,
Et ſans prétendre à la victoire,
Dans vn pot de chambre puant
Il gliſſe, & va chercher à boire.

Au clair de la Lune qui luit
D'vne lueur morne , & blafarde ,
Mon œil tout effrayé regarde
Voltiger mille oyſeaux de Nuit :
Les Chauueſouris , les Freſayes
Dont les cris ſont autant de playes
A l'oreille qui les entend ,
Decoupans l'Air humide & ſombre ,
Percent juſqu'où mon corps s'eſtend ,
Et le muguettent comme vne ombre.

Vn eſſaim de maudits Couſins ,
Bruyant d'vne fureur extreſme ,
Me fait renaſquer en moy-meſme
Contre la ſaiſon des raiſins :
L'vn ſur ma main donne en Sang-ſuë ;
L'autre ſur ma trongne ſe ruë ,
Me rendant preſques tout méſeau ;
Ie les pourſuy , je les attrappe ,
Et ſans m'épargner le muſeau
Pour les y tuër je me frappe.

Cent Rats, d'insolence animez,
Se querellent sous vne table
Où jamais repas déléctable
N'apparut aux yeux affamez:
Là tantost aux barres ils joüent;
Là tantost ils s'entre-secoüent,
Pipans d'vn ton aigre & mutin;
Et tantost cette fauce race
S'en vient ronger pour tout festin
Les entrailles de ma paillace.

Vne trouppe de Farfadets
Differens de taille, & de forme,
L'vn ridicule, & l'autre énorme,
S'y deméne en Diables-Cadets:
Ma viziere en est fascinée,
Mon oüye en est subornée,
Ma ceruelle en est hors de soy;
Bref, ces fabriqueurs d'impostures
Estalent tout autour de moy
Leurs grimaces, & leur postures.

Les Rideaux ne m'empeschent point
De voir toutes leurs singeries ;
Ces infernales nigeries
Me font fremir sous l'embonpoint :
I'ay beau pour en perdre l'image
Qui me baille vn teint de fromage
M'efforcer à cligner les yeux,
L'effroy me taillant des croupieres,
Par vn effet malicieux
Change en bezicles mes paupieres.

Maints faux rayons éparpillez
En fanfreluches lumineuses,
Offrent cent chimeres hideuses
A mes regars en vain sillez :
Ma trop credule fantaisie
En est si viuement saisie
Qu'elle mesme se fait horreur ;
Et sentant comme elle se pâme,
Je me figure en cette erreur
Qu'on donne le moine à mon ame.

Que ſi je penſe m'endormir,
Dans les momens de quelque tréue;
Vn Jncube auſſi toſt me créue,
Et reſuant je m'entr'oy gémir.
En fin mes propres cris m'éueillent
En fin ces Demons s'émerueillent;
D'eſtre quaſi ſurpris du jour;
Ils font gille à ſon arriuée,
Et la diane du tambour
M'auertit que l'Aube eſt leuee.

LE CANTAL

A MONSIEVR LE M. D. M.

CAPRICE

Gousset, écafignon, faguenas, cambouïs
Qui formez ce present que mes yeux resiouïs,
Sous l'adueu de mon nez, lorgnent comme vn fromage
A qui la puanteur doit mesme rendre hommage :
Que vous auez d'appas ! que vostre odeur me plaist !
Et que de vostre goust, tout horrible qu'il est,
Je fay bien plus d'estat que d'vne confiture
Où le fruit déguisé braue la pourriture !
Par luy le vert ginguet fait la figue au Muscat ;
Par luy le plus gros Vin semble si delicat,
Que le Piot du Ciel, dont on fait tant de conte,
S'il estoit blanc aupres, en rougiroit de honte.
Ie laisse donc à dire, & chacun peut penser
De combien du meilleur le prix il doit hausser,
Quand on luy donne entrée au milieu d'vne bouche
Qui sous vn tel morceau retourne à l'escarmouche,

I'entens au doux conflit, qu'à l'honneur de Bacchus,
Les fameux Biberons à tauper inuaincus,
Font le Verre à la main, sans projet d'autre gloire
Que de celle qu'on gaigne à force de bien boire.
Franc & noble Marquis, illustre Desbauché,
Qui t'és, dans la grandeur, à toy-mesme arraché
Pour te liurer sans faste aux plaisirs de la vie
Où parmy les Vertus la Table nous conuie;
Toy dont la voix unique en traits melodieux
Rend du Chantre emplumé le siflet odieux,
Sur tout quand ton gozier humecté de la Coupe,
Apres mille bons mots que maint rot entre-coupe,
Se met à celebrer la diuine liqueur
Qui passant par chez luy pour visiter le cœur,
Le chatoüille, & l'inuite à se montrer seul digne
De loüer comme il faut ce pur sang de la Vigne;
M..... sans pareil, Homme aux Nigaux fatal,
Où diantre as-tu pesché ce bouquin de Cantal,
Cét Ambre d'Acheron, ce Diapalmà briffable,
Ce Poison qu'en bonté l'on peut dire ineffable,
Ce Repaire moisi de Mittes & de Vers,
Où dans cent trous gluants, bleus, rougeastres & vers,
La pointe du couteau mille veines éuente
Qu'au poids de celles d'or on deuroit mettre en vente?

Ha! qu'il me fait bon voir lors qu'en le furetant
I'en descouure quelqu'vne & le crie à l'instant!
Quelle saueur me cuit quand ma langue appastée
En enduit mon palais & s'en trouue infectée!
Non jamais Mascarin, *ce Seringueur mortel,*
De son Deshabiller ne tira rien de tel;
Exhibast-il au jour, comme il me fit naguères,
Entre cent mille outils inconnus, & vulgueres,
Et parmy cent fatras de haillons, de filets,
De pippes à Petun, de fusts de Pistolets,
De sauattes, d'appeaux, de tasses, de mitaines,
D'onguents à guerir tout jusqu'aux fieures-quartaines,
D'Outres au cuir velu, de peignes esbrechez,
De linge soupy, sale, & d'habits escorchez;
Du vieil-oint de Blaireau pour faire de la souppe,
L'oreille d'vn Sanglier qu'à coups de hache on couppe,
Vn lopin de Renard, vn pasté de Guenon,
Vn ceruelat de Chien, le rable d'vn Asnon,
Et mille autres fins mets que je ne puis d'escrire
Sans froncer les nazeaux, & m'esgueuler de rire.
O Brie! ô pauure Brie! ô chétif Angelot
Qu'autrefois j'exaltay pour l'amour du Bilot,
Tu peux bien aujourd'huy filer deuant ce Diable;
Ton beau teint est vaincu par son teint effroyable;

Tu m'es plus insipide aupres de son haut goust
Que l'eau ne le seroit aupres du friand moust,
Et ta platte vigueur sous la sienne estouffée
Est de ma fantaisie entierement biffée.
Au secours Sommelier, j'ay la luëtte en feu.
Ie brusle dans le corps, parbieu! ce n'est pas jeu;
Des brocs, des seaux de vin pour tascher de l'esteindre,
Verse eternellement, il ne faut point se feindre.
Escoute, cher marquis, escoute ton Bedon,
Je croy que l'Animal d'où prouient ce beau don,
Au lieu du manger frais qui dans les Prez se cueille,
Ne se nourrit que d'Ail, que de Tabac en fueille,
Que de Rhuë acre au goust, d'Aluyne au suc amer,
Qu'il n'estanche sa soif qu'aux plages de la Mer,
Et qu'au lieu de gruger de la Vesce, ou de l'Orge,
De Poiure seulement en l'Estable il se gorge.

PREFACE
du Passage de Gibraltar.

PVis-que selon l'opinion du plus grand & du plus iudicieux de tous les Philosophes, le principal but de la Poësie doit estre de plaire, & que la Ioye est ce qui contribuë le plus à l'entretien de la Santé, laquelle est vne chose si precieuse en cette vie, qu'elle a esté preferée par les plus Sages à la Sagesse mesme; Ie tiens pour maxime indubitable que les plus gayes Productions de ce bel Art qui laissant les espines aux Sciences ne se compose que de fleurs, doiuent estre les plus recherchées & les plus cheries de tout le monde. Ce n'est pas que ie vueille mettre en ce rang les bouffonneries plattes & ridicules, qui ne sont assaisonnées d'aucune gentillesse, ny d'aucune pointe d'esprit, & que ie sois de l'aduis de ceux qui croyent comme les Italiens ont fait autrefois à cause de leur *Bernia*, dont ils adoroient les elegantes fadezes, que la simple Naïfueté soit le seul partage des Pieces Comiques: Ie veux bien qu'elle y soit, mais il faut qu'elle soit entremeslée de quelque chose de vif, de noble & de fort qui la releue; Il faut sçauoir mettre le sel, le poiure & l'ail à propos en cette Sauce, autrement au lieu de chatoüiller le goust & de faire espanoüyr la ratte de bonne grace aux Honnestes-gens, on ne touchera, ny on ne fera rire que les Crocheteurs. Aussi les plus habiles de cette Nation ont bien changé de sentiment, depuis qu'ils ont veu *la Secchia rapita du Tassone*, où l'Heroïque brille de telle sorte, & est si admirablement confondu auec le Bourlesque, qu'il y en a quelques-vns qui par vn excés de loüange osent bien la comparer *à la diuine Ierusalem du Tasse.* Il est vray que ce Genre d'escrire composé de deux Genies si differents, fait vn effet merueilleux, mais il n'appartient pas à toutes sortes de Plumes de s'en mesler; & si l'on n'est Maistre absolu de la Langue, si l'on n'en sçait toutes les galanteries, toutes les proprietez, toutes les finesses, voire mesme iusques aux moindres vetilles, ie ne conseilleray iamais à personne de l'entreprendre. Ie m'y suis pleû de tout temps, parce qu'aymant la liberté comme ie fais, ie veux mesme auoir mes coudées franches dans le langage. Or comme celuy-là embrasse sans contredit beaucoup plus de termes, de façons de parler, & de mots que l'Heroïque tout seul, i'ay bien voulu en prendre la place le premier, afin que si quelqu'vn y reüssit mieux apres moy, i'aye à tout le moins la gloire d'auoir commencé. On peut dire qu'il est de ces Pieces comme de ces Balets grotesques, qui estant dancez d'ordinaire par les plus excellents Baladins sur les Airs du mouuement le plus admirable, plaisent plus aux Spectateurs, auec leurs habits estranges, leurs masques bizarres & leurs postures merueilleuses, que ne font ces Balets serieux, ces Moralitez muëttes, dont les desmarches sont trop adjustées, & où le plus souuent il ne se voit rien de beau que l'esclat & la magnificence. C'est assez changeons de discours & venons à l'Argument de nostre Caprice heroïcomique.

Les Espagnols, dont l'ambition est plus grande que la Terre, & à qui les nouueaux Mondes ne suffisent pas, s'estant saisis des Isles de Saincte Marguerite & de Sainct Honorat, situées en la Coste de Prouence, nostre inuincible Monarque, dignement secondé en toutes ses glorieuses entreprises, des graues & sublimes Conseils du grand Cardinal-Duc de Richelieu, fit assembler en la Rade de l'Isle de Ré, vne Armée nauale la plus puissante & la mieux esquippée que la France eut mise de long-temps sur l'Ocean, afin que faisant voile, d'vne Isle si fameuse par la honte de l'Angleterre, elle en allast rendre deux autres encore plus illustres par la honte de l'Espagne. Mais comme ce n'est pas assez d'amasser de grandes forces si l'on ne sçait faire eslection d'vn Chef capable de les commander; son Eminence, diuine au choix des Hommes, aussi-bien qu'en toutes les autres merueilles de sa vie, & comme ayant l'entiere Superintendance de nos Mers, nomma à sa Majesté, pour en estre le General, ce braue & vaillant Prince Monseigneur le Comte de Harcourt, de qui les miraculeuses actions sont aussi hautes, aussi éclatantes & aussi connuës que le Soleil, & par ce digne Employ, luy donnant lieu d'exercer amplement sa rare conduite

& son extraordinaire valeur, se le rendit desslors & à iamais redeuable de toutes les belles choses qu'il a faites depuis ce temps-là. De m'amuser à dire icy par le menu nostre depart, quel vent fauorisa nostre route, & combien de Corsaires Turcs nous prismes en chemin, ce n'est pas mon dessein. Ie diray seulement qu'apres auoir costoyé toute la Galice & tout le Portugal, sans auoir rencontré vne seule Barque de Pescheur, tant l'effroy de nostre Armée auoit frappé le cœur des Ennemis, nous arriuasmes au Cap de Spartel en Afrique, où ayant demeuré deux iours à l'ancre pour nous mettre mieux en estat de passer le Destroit de Gibraltar, lequel nous croyons nous deuoir estre infailliblement disputé par la Flotte d'Espagne, nous quittasmes cette Plage deserte, espouuentable & solitaire, où l'on ne voit que des Lyons, des Aigles & des Serpens, & mismes à la voile au meilleur ordre du monde enuiron deux ou trois heures deuant Soleil-leué.

C'est ce qu'il faut sçauoir pour vn plus grand esclaircissement de ces Vers que ie commençay la mesme Nuict dans l'Admiral, ayant eu l'honneur d'estre appellé à ce Voyage par Lettres expresses & obligeantes de ce genereux Prince, qui peut tout sur moy, & à qui i'ay voüé tous mes soins & tous mes seruices. Or estant donc saisi de la Verue, sur le poinct que suiuant mon conseil, nous auions fait apporter le Iambon & la Bouteille, & nous fortifions le cœur pour nous preparer à joüer des cousteaux; & l'ardeur du bon Phebus eschauffant mon ame auant que ses rayons eussent éclairé mes yeux, ie m'y laiſſay aller bruſquement, à l'aſpect des Eſtoiles qui nous regardoient boire & fis le Verre, & non la plume à la main, les premiers couplets de cette Piece. Iamais il ne fut vne telle joye que la noſtre, dans le ferme eſpoir que nous auions de trouuer & de vaincre l'Ennemy. Iamais on ne vit rien de ſi beau que ce que nous viſmes quand la clarté de l'Aurore diſſipant les tenebres, nous vint à deſcouurir tout d'vn coup le ſuperbe & furieux appareil de noſtre Flotte, & il faut aduoüer que qui n'a veu la Pompe d'vne Armée naualle le iour qu'elle s'attend de donner bataille, ne ſe la ſçauroit imaginer parfaictement. Nous auions plus de taffetas au Vent que de toile; Nous eſtions nous meſmes tous eſtonnez de voir nos Vaiſſeaux ſi leſtes; la ſplendeur des broderies d'or & d'argent éblouiſſoit la veuë en l'agreable diuerſité des Enſeignes; tout fauoriſoit noſtre Paſſage; vn Zephire doux & propice nous ſouffloit en poupe; l'Air eſtoit ſerain; la Mer calme; le Ciel net, pur & lumineux; & l'on euſt dit que la terre de l'Europe & de l'Afrique s'abaiſſoit en certains endroits autour de nous par reſpect, & ſe hauſſoit en d'autres par curioſité: Enfin ſi ie ne retenois la bride à la fougue poëtique qui malgré moy, ſe voudroit bien couler dans ma Proſe, ie dirois que quelque frayeur qu'euſt l'Eſpagne de noſtre puiſſance & de noſtre courage, elle ne ſe pouuoit tenir d'admirer noſtre ſomptuoſité & noſtre bel ordre, & de teſmoigner de prendre plaiſir à voir les Verges meſmes qui la deuoient chaſtier. Mais comme ces matieres-là ſont du gibier des Vers, ie croy que ma Muſe ne s'y ſera pas eſpargnée, & que peu de gens s'en fuſſent mieux acquittez que moy parmy le bruit & la multitude d'vn Vaiſſeau, où ces belles Dames de Parnaſſe n'ont gueres accouſtumé de ſe trouuer. Ie me ſuis joüé ſur les noms de quelques Nauires, autant que la Fable, l'Hiſtoire, ou la Nature l'ont pû permettre, & me ſuis eſtendu à deſcrire particulierement la pompe de celuy du Roy, & de la Patache nommée la Cardinale; Et ie penſe que l'on ne me brocardera point de m'eſtre voulu commenter moy-meſme, pour auoir mis quelques Apoſtilles en la marge de cét Ouurage, afin de donner l'intelligence de quelques termes que les plus Doctes ne ſçauent pas, ny ne ſont pas meſme obligez de ſçauoir, s'ils n'ont le pied marin: I'y en ay mis encor quelques autres ſur des choſes qui ne ſont pas cõmunes, & que les plus Raiſonnables ne trouueront point inutiles; qui n'entendra le reſte, à ſon dam. Au ſurplus, ſi nous euſſions cõbatu en ce Deſtroit, cõme nous ne fiſmes point, ou par la laſcheté, ou par l'impuiſſance des Eſpagnols, qui n'y oſerent venir, j'euſſe employé d'autres couleurs en la compoſition de ce Tableau que ie ne fis; il n'y auroit rien paru que d'heroïque & de ſerieux, & ſans vanité j'euſſe fait voir, comme i'eſpere que noſtre Moyſe fera quelque iour, que nous ne ſommes pas plus mal-adroits à nous ſeruir de la Trompette ou de la Lyre, que de la fluſte ou de la Guiterre. Mais ne s'eſtant verſé que du Vin en cette Iournée, au lieu du ſang que nous nous attendions de reſpandre, ie le continuay du meſme air que ie l'anois commencé, & inseray dedans par maniere de Prophetie, selon les bons tours du Mestier, le Combat donné quelque temps apres, entre nostre Armée nauale & les Galeres d'Espagne, deuant le Chasteau de Menton; la descente que nous fismes en l'Isle de Sardaigne où Monseigneur le Comte de Harcourt rendit des preuues signalées de sa prudence & de sa hardiesse; & la merueilleuse & non-jamais assez exaltée reprise des Isles de Saincte Marguerite & de Sainct Honorat. De là retournant à descrire nostre Passage qui doit estre memorable à perpetuité pour les importantes suites qu'il eut, ie me raille du tiers & du quart à ma mode, selon l'humeur enjoüée où j'estois, & me trouuant justement vis-à-vis de la Ville de Gibraltar, qui est à la fin de ce Destroit du costé de l'Espagne, ie mets en mesme temps fin à ma Piece, & acheue noblement la Débauche par la Santé du Roy. Voila tout ce que j'auois à dire là-dessus, horsmis qu'ayant esté l'vn des Argonautes d'vn Voyage si celebre, j'en suis aussi fier, & m'en estime autant que ce fameux Poëte qui accompagna Iason dans le sien. *VIVAT.*

De moy ie tiens que mon Rebec
Vaut bien la Vielle d'Orfée,
Et quand ma Muse est eschauffée
Elle n'a pas tant mauuais bec.

LE PASSAGE DE GIBRALTAR

Caprice Heroïcomique.

*Matelots, *taillons-de-l'auant;*
Noſtre Nauire eſt bon de voile:
Ça du Vin, pour boire à l'Eſtoile
Qui nous va conduire au Leuant.
A toy, la belle & petite Ourſe,
A toy, Lampe de noſtre courſe
Quand le grand Falot eſt giſté;
Il n'eſt point d'humeur ſi rebourſe
Qui ne ſe créue à ta ſanté.

* Taillons de l'auant; *Terme de Mer, qui ſignifie,* Allons.

Mais, certes ie ſuis bien Oyſon,
Et ie n'acquiers gueres de gloire
De deffier vn Aſtre à boire
Qui ne me peut faire raiſon!
Son malheureux deſtin me touche;
Jamais le Pauuret ne ſe couche
Pour aller trinquer chez Thetis,
Et ce n'eſt rien qu'vn Corps ſans bouche
Priué des nobles appetis.

A qui dois-je donc m'addreſſer?
A Mars, dont la fiere Planette
Brille d'vne clarté plus nette
Qu'vn Verre qu'on vient de rincer:
Auſſi bien eſt-il noſtre guide,
Auſſi bien les Piliers d'Alcide
Friſſonnent de le voir pour nous,
Et deuant ce braue Homicide
Atlas ſe preſente à genous.

Releue-toy vieux Crocheteur;
L'Olimpe pourroit choir en l'Onde,
Et prendre comme vn Rat le Monde
Sous son énorme pesanteur:
Ce n'est point toy que l'on menace;
Banny la crainte qui te glace
Et pren garde à ce que tu fais,
Si tu ne veux perdre la place
De Monarque des Porte-fais.

Mais n'apperçoy-je pas aux Cieux
Voguer le Pin des Argonautes,
Qui me reproche mille fautes,
En se descouurant à mes yeux?
Ouy, c'est luy qu'en Mer on adore;
Il me dit (car il jaze encore
Comme il faisoit au temps passé)
Que je ne suis qu'vne Pecore
De boire, & de l'auoir laissé.

Pardon, ô celeste Vaisseau,
Auec soif ie te le demande,
Et veux, pour t'en payer l'amende,
Que ma Tasse deuienne Seau.
Tu nous dois estre fauorable:
Vn Prince en valeur admirable,
Represente icy ton Iason,
Et nostre Projet honorable,
Comme toy, vise à la Toyson.

C'est au Castillan qu'on en veut;
Nous cherchons par tout à le mordre,
Mais le Poltron y met bon ordre,
Il fuit nostre Chocq tant qu'il peut:
A Neptune il fait banqueroute,
Nul Deffy naual il n'escoute,
La terreur l'eschouë en ses Ports,
Et dans Madril mesme il redoute
*Le bruit mortel de nos * Saborts.*

* Saborts, Canonnieres ou embrazures d'vn Vaisseau.

La Nuit commence à desnicher,
Enfans voylà l'Aube qui trotte,
Phebus la suit, & nostre Flotte
Dans le Destroit va s'emmancher:
Que la Pompe en est fiere & belle!
Glauque n'en a point veu de telle
Depuis qu'vne herbe qu'il mangea,
Rendant sa nature immortelle,
D'Homme en Dieu-marin le changea.

Au gré de maint doux tourbillon
*I'y voy cent * Flames secoüées;*
Cent Banderolles enjoüées
*Y font la court au * Pauillon;*
Icy, l'Or brillant sur la Soye
En vne grande Enseigne ondoye
Superbe de couleur & d'art,
Et là, richement se desploye
Le graue & royal Estendart.

* Flames especes de Banderolles rouges.

* Pauillon, c'est la principale Enseigne qui est blanche, & que l'Admiral porte seul au grãd Mast.

Le Portrait du fameux Chapeau
Deuant qui le Turban suprême
Tremble, & n'est en sa peur extrême
Qu'vn Beguin, cresté d'oripeau;
Ornant, d'vne auguste maniere,
Cette martiale Baniere,
Nous arme mieux qu'vn Morion
Pour briser la teste derniere
Du rogue & nouueau Gerion.

Ce digne Atour du plus grand Chef
Qui du Timon ait sceu l'vsage,
A l'Aduersaire ne presage
Qu'vn dur & tragique meschef;
Cette lumineuse Figure
Est l'Astre de mortelle augure
Dont la rougeur le fait pâlir,
Et que l'ombre la plus obscure
Pour luy ne peut enseuelir.

Mais au lieu qu'il s'esuanoüit
Au feu de sa Pourpre éclatante,
Mon œil, sur la Face inconstante,
A son Aspect se resioüit:
C'est la viue ardeur qui m'allume;
C'est l'objet qui donne à ma Plume
Un stile clair & triomfant,
Qui les autres stiles consume,
Mais il m'altere en m'eschaufant.

Beuuons au genereux Dessein
Qui dans ce Passage l'ameine;
D'vne Fureur autre qu'humaine
Ie me sens agiter le Sein.
Qu'à ce Pot le Tonneau succede:
Un certain gay Demon m'obsede
Qui n'a plaisir qu'à s'enyurer,
Et de sa force à qui tout cede,
Le Vin seul me peut deliurer.

Sus, pour honorer ce Canal
D'vn Brinde qui viue en l'histoire,
Que Châcun se prepare à boire
La Santé du grand Cardinal;
Il tient l'Empire de Neptune;
Jl preside à nostre fortune
Sur l'vn & sur l'autre Element,
Et la Destinée opportune
File pour luy journellement.

Si j'auois icy le loisir
De chanter ses Exploits illustres,
Tous ces Noms qui font tant les Rustres
En creueroient de desplaisir:
Ie rauirois la Terre & l'Onde;
La Muse altiere en sa faconde
Se pendroit (soit dit inter-nos)
Et ie ferois en l'autre Monde
Enrager l'ombre d'Albornos.

Ce

Ce vain Guzman, ce Comte-Duc,
Qui perd contre luy son escrime,
Gemiroit aux coups de ma rime
Comme l'Animal de Saint Luc:
Et s'il venoit vn iour à lire
Ce que ma Verue en pourroit dire
A ses mornes yeux estonnez,
Ses bezicles qui m'ont fait rire
D'effroy luy tomberoient du nez.

Mais nous ne sommes pas en lieu
Propre à debiter ces merueilles,
Je les reserue aux nobles veilles,
Que ie vouë à ce Demy-Dieu;
Là, descoiffant mon escritoire,
A mon papier ie feray boire,
Par vn excés rare & diuin,
Plus de flaccons d'encre à sa gloire
Que ie n'ay bû de brocs de Vin.

Ha! ie voy ce Cœur sans pareil,
Ce vaillant HARCOURT qui s'appreste
A faire vn nouueau jour de feste,
Peint de sang & de lus-vermeil;
Des-ja sur le haut de la pouppe,
Pour me pléger il prend sa couppe
Où petille & rit le Nectar,
Et s'escriant Masse à la trouppe,
Sa voix estonne Gibraltar.

*Icy, * le Chasteau de Tanger,*
*Et là, * le Fort du Mont-aux-Singes*
Voudroyent pouuoir plier leurs linges
En la frayeur de ce danger;
*La * Tour, & l'Isle de Tariffe*
Que l'Ocean ronge & desbiffe
Se souhaittent au fonds des Eaux,
Et rien n'ose attendre la griffe
Du moins hardy de nos Oyseaux.

* Le Chasteau de Tãger, *Place forte dans le Destroit du costé de l'Afrique.*

* Le Fort du Mont-aux-Singes, *autre Place du mesme costé nommee* Ceüta, *l'une & l'autre appartenant au Roy d'Espagne.*

* La Tour, &c. *Place du costé de l'Europe.*

*Vn * Cocq ſuiuant le * Saint-Louys*
*Que * l'Ange du Sceptre accompagne,*
Fait fremir le Lyon d'Eſpagne
Auecque des tons inoüys:
Ce Roy de la bande emplumée
A la gloire de cette Armée
Montre des ergots furieux,
*Et noſtre ſeule * Renommée*
Nous peut rendre victorieux.

* Vn Coq, *nom d'vn Vaiſſeau de la Flotte.*

* Le Saint Louis, *Vaiſſeau de l'Admiral.*

* L'Ange du Sceptre, le S. Michel. *Autre Vaiſſeau.*

* Renommée, *autre Vaiſſeau.*

*Vn * Cygne entre nos Combatans*
Quitte Meandre pour Neptune;
*Et pour mieux ſuiure la * Fortune,*
Nage & vole d'vn meſme tans;
Et lors qu'vne fatale Enuie
A chanter ſur l'eau le conuie,
C'eſt auec vn terrible effort,
Pour oſter aux autres la vie,
Et non pour annoncer ſa mort.

* Cigne, *autre Vaiſſeau.*

* Fortune, *Vaiſſeau du Contre-Admiral.*

Iupiter, peut-estre, enflamé
De la Reine des Nereïdes,
Sur ces vastes Plaines liquides
S'est encore ainsi transformé:
Mais puis qu'il n'a pû se resoudre
A se desarmer de sa foudre
Comme pour Léde il fit vn jour,
I'estime qu'il en veut descoudre
Plustost en guerre qu'en amour.

* Aigle, Vaisseau.

*Vn jeune * Aigle qui depuis peu*
Hors de l'aire a fait sa sortie,
Apres luy, porte vne partie
De ces horribles traits de feu;
Rien que carnage il ne respire;
Qui le choque a tousiours du pire;
Et sifflant d'vn courroux amer,
Il vaincroit l'Aigle de l'Empire
S'il se hazardoit sur la Mer,

Vn Griffon * *moins amy de l'or*
Que de l'honneur qui nous anime;
Contre l'Espagnol s'enuenime,
Et sur luy veut prendre l'essor:
De ses ailes il fend les Nuës,
Et couppant les Vagues chenuës
Bien garny d'ongles & de bec,
Par des brauades continuës
Il tient tout le Monde en eschec.

* Griffon, *Vaisseau.*

Outre ces illustres Voleurs,
De nobles Animaux de terre
Sillonnans l'onde en cette guerre
Morguent auec nous les malheurs:
Au premier rang, vne * *Licorne*
Dont la valeur n'a point de borne,
Va d'vn air belliqueux & pront,
Et rend le Dieu du Tage morne
De la peur qu'il a de son front.

* Licorne, *Vaisseau.*

*Vn vieux * Lion la ſecondant*
Auec vn fier excés de joye,
Deuers la vagabonde proye
Se tourne & s'eſlance en grondant:
Tous les Monſtres que la Mer porte
L'entendans rugir de la ſorte
Ne ſçauent où tirer-pays;
La Terre en eſt à demy-morte,
Et les Cieux en ſont esbays.

*Lion, *Vaiſſeau.*

Vn ſymbole de pureté
Qui ſe trouſſe de peur des crottes,
Et par qui meſme aux caillebottes
Le luſtre neigeux eſt oſté;
*Vne gentille & franche * Hermine*
Qu'vne juſte fureur domine,
Y fourre ſon cazaquin blanc,
Et ſi le poil s'en contamine
Ce ne ſera qu'auec du ſang.

*Hermine, *Vaiſſeau.*

*Vne * Leurette en qui ſont joins*
Le cœur, la viſteſſe & la force,
*Soit faiſant * pouge, ou faiſant * orſe,*
A l'imiter met tous ſes ſoins:
Nul fuyard d'elle ne s'eſchappe,
Elle ſe heriſſe, elle jappe,
Elle roüille des yeux ardents,
Et montre à tout ce qu'elle attrappe
Combien vaut l'aulne de ſes dents.

* Leurette, *Vaiſſeau.*

* Pouge, *Terme de Mer vſité au Leuant, qui ſignifie quaſi aller Vēt-derriere.*

* Orſe, *autre terme de Mer qui ſignifie ſingler prés du Vent.*

*La * Nimphe apriſe à nauiguer*
Depuis le jour qu'elle eut pour barque
Le dos feint du laſcif Monarque
Qu'Amour fit mugir & voguer;
Mettant le courage en beſongne,
S'eſmeut, s'aigrit & ſe renfrongne
Comme au choc fait l'horrible Seur,
Et pour nous hardiment empongne
Les armes de ſon Rauiſſeur.

* La Nimphe, &c. c'eſtoit *l'Europe, Vaiſſeau du Vice-Admiral.*

*Celle * qui dispose à son gré*
De toutes les Grandeurs mondaines,
Et dont les actions soudaines
Confondent merite & degré;
L'Aueugle qui sur vne Roüe
Du destin des Mortels se joüe
Ainsi que le vent du festu,
Nous suit, & fait que l'on aduoüe
Qu'elle ayme aujourd'huy la Vertu.

* Celle qui, &c. c'estoit la Fortune, Vaisseau du Contre-Admiral,

Le doux reconfort des Espris
En quelque ennuy qui les oppresse,
** L'Esperance, auec allegresse*
Flatte nos trauaux entrepris;
Elle ne chante que victoire,
Et d'vn ton cher à la memoire,
*Promet que nos * hunes seront*
Autant de couronnes de gloire,
Dont nos Nauires s'orneront.

* L'Esperāce, Vaisseau.

* Hunes, especes de Cages faites en cercles qui sont aux hauts des Masts, & seruent à amener les Voiles.

Mais

Mais, ô quel eſclat radieux
Me fait breſiller des paupieres?
* *Ycy quatre ſaintes rapieres*
Trouuent leurs fourreaux odieux:
Des mains d'Amazones celeſtes
Pour leurs noms animont leurs geſtes,
S'en arment en faueur des Lis,
Et les veulent rendre funeſtes
A la puiſſance de Calis.

* Ycy, &c. *C'eſtoit pour des Vaiſſeaux qui portoient les Noms de quelques Saintes, cõme Sainte Marie, Sainte Marthe, &c.*

* *L'Auguſte Roy qui triomfà*
De Damiette & de ſoy-meſme,
Et que d'vn brillant Diadeſme
Là-haut ſa pieté coiffà;
Le bon Fils de la Reine Blanche
Ayant pour nous à chaque hanche
Vn * *diuin Champion ailé,*
Brandit vn long Freſne en reuanche
Du * *Bois d'Honorat deſolé.*

* L'Auguſte Roy, &c. *c'eſtoit le S. Louys, Vaiſſeau de l'Admiral.*

* Vn diuin Champion, &c. *c'eſtoit l'Ange, Vaiſſeau.*

* Bois, &c. *c'eſtoit pour ce beau Bois de Cheſnes-verts que les Eſpagnols couperent quand ils prirent l'Iſle de S. Honorat.*

* Le grand Patron, &c. *c'estoit le S. Iean Vaisseau.*
* Moines preux, *Cheualiers de Malte.*

**Le grand Patron des* Moines preux
De qui l'Ordre fleurit sur l'Onde,
Nous escorte en ce bout du Monde
Auec des plus braues d'entr'eux:
Ces redoutez Galands d'Auberge
Font d'vn Esquif vne Ramberge,
Pour deffendre & pour assaillir;
Tout leur fait joug, & leur Flamberge
Ne sçait que c'est que de faillir.*

* Ce Marrane, &c *Le Duc de Ferrandine, General des Galeres d'Espagne.*
* Bigottes, *moustaches,*
* Hidalgue, *Caualier.*

*Ce * Marrane au teint de pruneau,
Ce fanfaron de Ferrandine,
Qui pare son affreuse mine
D'vn grand & vilain chinfreneau,
Aura beau tordre ses * bigottes,
Beau renasquer à hautes nottes
Et faire le Diable insensé,
Je veux bien y laisser les bottes
Si le * Hidalgue n'est rossé.*

Qu'il y vienne vn peu, le Mauuais,
Auec ses cinquante Galeres ;
Nous en craignons moins les coleres
Que d'vn ventre soul de nauets :
En cet endroit ma fantaisie
D'vne brusque verue saisie,
Ne sçauroit plus se retenir,
Et comme vn bon gros Tirésie
Ie vay donner dans l'aduenir.

Mais, d'où diantre peut desriuer
Cette humeur chaude & profetique
Qui dans mon timbre lunatique
Vient tout à coup de s'esleuer?
Ie n'ay point de laurier en gueule,
Ma dent en guise d'vne meule
Icy n'en a point écaché,
Ha! c'est donc de la vertu seule
Du fin tabac que j'ay masché.

Il me ſemble que j'entre-voy
Dans la nuit des choſes futures
Vn fou tenter des auantures
A ſe faire mocquer de ſoy;
*L'Eſpagnol ſur mainte * rambade*
Nous voudra donner vne aubade,
*A la barbe du beau * Menton,*
Mais luy-meſme y ſera gambade,
Rudement payé ton pour ton.

* Rambade, le lieu de la Galere où ſe mettent les ſoldats pour combatre.
* Menton, Chaſteau de plaiſance ſur le bord de la Mer.

A peine, ô honte! aura-t-il veu
Le fer bruyant en forme ronde
Faire des ricochets ſur l'Onde
Qu'il ſera de cœur deſpourueu;
Au premier rot d'Artillerie
Le chaud deſir de broüillerie
Dans la crainte il r'engaiſnera,
Et d'vne laſche raillerie
Le derriere il nous tournera.

Le Gennois, & le Florentin,
Amis de ceux qui le presentent,
Et qui par ce moyen s'exemtent
Des horions d'vn bras mutin,
* *Faisans passe-vogue à ses ailes*
Fuiront comme des Tourterelles
Deuant des Milans affamez,
Et renonceront aux querelles
Qui pour luy les auront armez.

* Faisans passe-vogue *Terme de Galere qui signifie, ramans de toute leur force,*

Les Dieux du liquide Elément
Conuiez chez vn de leur trouppe,
Sur le point de fripper la souppe
Seront saisis d'estonnement;
Vn boulet de nostre tonnerre
Tombant sur leur table de verre,
Auec vn fracas nompareil
Fera soudain voler à terre
Tout leur magnifique appareil.

Là maint friand manger dreſſé
Dans mainte eſcaille de Tortuë,
Suiuant la ſaliere abbatuë
Sera plaiſamment renuerſé:
Là (ſi mes vitres ne ſont fauſſes)
Ce coup heurtant parmy les ſauſſes
Vne Baleine au court-boüillon,
Neptune en aura ſur les chauſſes,
Et Thetis ſur le cottillon.

Plantons-les-là pour reuerdir;
Et que ma Clion ne deſdaigne
De parler vn peu de Sardaigne
Où nos gens yront s'esbaudir:
Des-ja je la voy rauagée:
là des-ja, la trongne changée
Pour le dur ſac de l'Oriſtan,*
Elle beugle en Vache enragée
Qui mouche & fremit ſous vn Tan.

*L'Oriſtan, ſeconde ville de Sardaigne.

Ses blez, ses vins & ses troupeaux
Nous passeront entre les lippes;
On rafflera toutes ses nippes,
Ses Bombardes & ses Drappeaux;
Et sans vne horreur pestilente
Qui de cette Place opulente
Nous deffendra le long sejour,
Iamais la Castille insolente
N'y feroit battre le tambour.

Mais, elle le fait battre encor
Au nez de * *Cannes qui rechigne,*
Et le Renom, d'vn air indigne,
Par tout le prosne auec son Cor:
Sainte Marguerite enuahie,
Sous cette Nation haïe
Iette maint cry sourt & dolent,
Et la Pauurette est esbaïe
De voir nostre secours si lent.

* Cannes, petite ville de Prouence, situee sur le bord de la Mer, vis à vis des Isles de sainte Marguerite & de S. Honorat.

Son cher amy ſaint Honorat
Triſte & confus, en fait de meſme.
Et ſa jouë en ce dueil extréme
Change en pâleur ſon nacarat;
Il ſouſpire, il pleure la perte
*De ſa haute * Couronne verte*
Que le noir Autan reueroit,
Et que l'œil du bleu Melicerte
Depuis cent Luſtres admiroit.

*Couronne verte, *pour ce Bois couppé par les Eſpagnols, dont i'ay parlé cy-deuant.*

O Saint honneur des flots marins,
O belles Iſles ſoliteres;
Où veſcut ſous des loix auſteres
** L'Anachorete de Lerins;*
Encore vn peu de patience,
Certes nous faiſons conſcience
De vous laiſſer patir ainſi,
Et des-jà par la preſcience
Je vous voy franches de ſoucy.

* L'Anachorete, &c. *S. Honorat, & depuis S. Vincent, tous deux nommez de Lerins, du nom de l'Iſle, dans l'Hiſtoire de Prouence.*

Ie

Ie voy des-jà dessus vos bords
Trempez de vagues espanduës,
Des meschans, qui vous ont tonduës,
Nostre foudre razer les Forts;
Et bien qu'vne horrible tempeste
S'esleuant ycy dans ma teste
Rompe nostre premier assaut,
Au second chocq où l'on s'appreste
*Les * Veillacques feront le saut.*

* Veillacques, *Espagnols*.

En cét orage furieux,
Il semble des-jà que Neptune
Tasche d'exciter la Fortune
Contre vn desseìn si glorieux:
Ou que pour faire au Ciel la guerre
Les Tritons faschez du tonnerre,
Entassans Monts sur Monts flotans,
Vueillent qu'aussi bien que la Terre
La Mer fasse voir des Titans.

Ha ! le coup de vent est passé ;
Je voy des-jà les ondes calmes,
Et nous allons cuëillir les palmes
Du hardy projet commencé :
Des-jà HENRY ce braue Prince,
*Contre * Miguel qui les dents grince*
Fait Voguer la Mort & l'effroy,
Et jamais la sainte Prouince
Ne vit mieux faire à Godefroy.

* Don Miguel Perez, *Gouuerneur de l'Isle sainte Marguerite pour le Roy d'Espagne.*

Il vaincroit vn autre Ilion ;
C'est vn Roland, c'est vn Hercule ;
L'Espagnol deuant luy recule
Comme vn Chien deuant vn Lion :
Au seul aspect de sa Chalouppe
Qui le Sel liquide entre-couppe,
*Je voy trébucher le * Fortin,*
Et sur vne petite crouppe
*Transir * Monterey le mutin.*

* Fortin, *petit fort, fait par les Espagnols sur la pointe de l'Isle sainte Marguerite.*
*Monterey, *autre fort, en ladite Isle.*

O comme en ce chocq perilleux
On fera petter le ſalpeſtre!
Qu'en l'Orque on enuoyra bien peſtre
Ces Matamores orgueilleux!
En l'eſpouuentable deſcente
Qui nous trace au Ciel vne Sente,
Ils auront beau ſe rebiffer,
Il faudra que leur œil conſente
A voir noſtre bras triomfer,

Là, le Rebec ie quitteray
Pour mettre la main à la Serpe;
Là, laiſſant pour Bellonne Euterpe
Les plus Mauuais ie frotteray;
Puis aprez, comme vn Sire Orfée,
Ayant la ceruelle eſchauffée
Du fumet ſi doux à Bacchus,
Ie celebreray le trofée
Baſty des armes des Vaincus.

Mais, c'eſt aſſez pronoſtiqué;
L'Aduenir à moy ſe referme;
Le Dieu me quitte, & poſe vn terme
Au diſcours ſous luy fabriqué:
Reuenons à noſtre Paſſage,
Et qu'on m'eſtime ou fol, ou ſage,
Timpaniſons-le d'vn meſme air,
Suiuant Doris au gent corſage,
De l'vne juſqu'en l'autre Mer.

Son bras d'vn mouuement adroit
Fend deuant nous l'Onde azurine;
C'eſt la Caliope marine
Que j'ay choiſie en cet endroit:
Ses ſœurs, ces aymables Pucelles
Sortant de l'eau juſqu'aux aiſcelles
Chantent noſtre futur bon-heur,
Et font à nos moindres Nacelles
Quelque careſſe, ou quelque honneur,

L'vne, auecques ses beaux yeux vers
Sousrit, se hausse & me regarde;
L'autre, ensemble douce & hagarde
Plonge ses tresors descouuers:
L'autre, d'vne brillante gloire,
Fait flotter sur le mol yuoire
L'or de son poil delicieux;
Et l'autre, de sa tresse noire
Couronne son chef gracieux.

Les Tritons aussi mal taillez
Qu'elles sont cointes & jolies,
De mille agreables folies
Chatoüillent mes sens esueillez;
Là, l'vn qui de souffler se tuë,
Embouche vne Conque tortuë
Au lieu d'vn Cornet à bouquin,
Tandis que l'autre s'esuertuë
A faire icy le Harlequin.

Ils nagent, ils dancent autour
Des belles filles de Nerée;
A voir leur façon alterée
Ie pense qu'ils bruslent d'amour:
Le Demon de la conuoitise
Au fonds de leur poitrine attise
Vn feu qui vit mesme dans l'eau;
Mais de peur de quelque sottise
Disons icy, Muse toubeau.

O quel vain orgueil nous voyons!
Ces deux Caps qui les Cieux esborgnent*
Sans se remuer s'entre-lorgnent
Ainsi que deux Beliers coyons!
Vrayment leur lascheté me pique;
Europe, va choquer l'Afrique
Ou tire tes guestres plus loing,
C'est trop s'entre-faire la nique
Sans en venir aux coups de poing.

*Caps, pointes de terre, qui s'auancent dans la Mer, autrement dits Promontoires.

Mais, que nous voicy bien deceus!
Les Vaisseaux de ces bords paisibles,
Se sont de peur faits inuisibles
Si-tost qu'ils nous ont apperceus:
L'Espoir, de cassades nous paye;
Vne viue & flotante haye
Nous deuoit deffendre le Pas,
Et cependant en cette Baye
L'Ennemy ne se montre pas.

Ie croy qu'aujourd'huy sur les eaux
Les Nefs de Castille alarmées,
Par grace ont esté transformées
En autant de vistes Oyseaux:
Ie croy qu'en leur Forest natale,
Craignans leur rüine totale,
Elles se sont allé cacher,
Et que nostre valeur fatale
Les y fera long-temps jucher.

Ainsi, mais d'vn autre moyen,
La bonne femme Bérécinte
Par vne fauorable quinte
Sauua les Barques du Troyen:
Il les vit proche des arenes
S'esbatre en forme de Sirenes,
Et sur le flanc, & sur le dos,
Où, peu deuant de leurs carenes
Elles auoient trenché les flos.

Nous voicy tantost arriuez
Vis-à-vis de Calpe & d'Abile
Dont la bouche en contes habile
Vante les faistes esleuez;
Voylà l'vne & l'autre Colonne;
Icy regne vne Gent felonne
D'Alarbes traistres & brigans,
Et là vit celle que Bellonne
Enfle de complots arrogans.

Il

Il faut, il faut les mettre à sac
Ces deux Bicoques aduersaires;
Allons en diables de Corsaires;
Reduire leur faste au bissac;
Donnons dessus leur fripperie,
D'vne tonnante batterie,
O braues & hardis Nochers:
Et faisons voir auec furie
Des Vaisseaux donter des Rochers.

Non, gardons pour vn digne effort
Nostre ardeur vaillante & fidelle;
Le Ieu ne vaut pas la chandelle,
Et rien ne paroist sur le Port:
Ce Trou, ce Poulier maritime
Est vne trop basse victime
Pour la Mousche qui nous espoint,
Et puis ie ne fay nulle estime
Des Villes qui ne fument point.

Qui ferions-nous, mon cher Faret?
Nous n'y trouuerions rien à frire;
Et c'est bien là qu'on pourroit dire
Et pas vn pauure Cabaret:
Iamais broche n'y connut âtre;
Le Monstre étique au front de plâtre
En exclut tous les Banqueteurs;
Bref ce Lieu n'est pas vn Theâtre
Conuenable à nos fiers Acteurs.

Icy, ma Verue cessera:
Fendons la Mediterranée;
Ie voy bien que cette Iournée
En Desbauche se passera.
Nous n'y combatrons que du Verre;
O l'agreable & douce guerre!
Qu'elle rend les cœurs esioüys!
Adieu le Fort, adieu la Terre,
Et viue le grand Roy Loüys.

FIN.

SONNET.

SAint Honorat, & Sainte Marguerite,
N'est-il pas temps que ces fascheux Voisins
A demy Iuifs, à demy Sarrasins,
Quittent vos bords, & gagnent la guerite?

Nous sçauons trop ce que leur foy merite
Pour vous placer entre leurs grands cousins;
Razez leurs Forts, bruslez leurs Magasins,
De leur orgueil tout le Monde s'irrite.

*Vostre beau * Bois qui montoit jusqu'aux Cieux,*
Iadis si frais, si delectable aux yeux,
La cime à-bas semble crier vengeance:

Et vos Autels à la guerre employez,
Vous blasmeront de quelque intelligence
Si de Là-haut vous ne les foudroyez.

*Sur ce beau Bois, dont ie ne me puis tenir de parler, & que j'auois veu quelques années auparauãt que j'y passay, en allant à Rome sur les Galeres, auec feu Mõsieur le Mareschal de Crequy.

LA PETARRADE AVX RONDEAVX.

CAPRICE.

DOuble Homonime, & vous fine Equiuoque,
A jointes mains ma Clion vous inuoque
Pour fagotter quelque gentil Rondeau
Qui desarçonne & Victor & Brodeau.
Aupres de vous les plus hautes pensées
Sont aujourd'huy dans l'estime abbaissées;
Les plus beaux sens, les termes les plus forts,
Tous eshanchez rampent à demy-morts:
Et le Caprice auecques sa peinture
Qui fait bouquer & l'Art, & la Nature,
Ce Fou diuin, riche en inuentions,
Bizarre en mots, vif en descriptions,

Ce rare Autheur des nobles baliuernes,
Quoy qu'inspiré du Demon des Tauernes,
N'ose pareſtre, & n'a plus de credit
Depuis qu'en Cour voſtre honneur reuerdit.
Voyez vn peu comme ycy tout ſe change !
Comme du blaſme on paſſe à la loüange !
Ie vous croyois infames autresfois,
Et maintenant ie vous donne ma vois :
I'euſſe juré qu'au front des ſeuls Theatres
Les francs Badauts, des Farces idolaſtres,
Les ſots Laquais, & les vils Crocheteurs
Se montreroient vos ſeuls admirateurs :
Et cependant, forcé de m'en deſdire,
Tout le premier j'en eſtouffe de rire,
Ie vous cheris, je vous approuue en vers,
Et hors d'Enuers j'en veus faire à l'enuers.
Hymnes ſacrez, piteuſes Elegies,
Stances d'Amour, jouiales Orgies,
Odes ſans pair, doux & graues Sonnets,
Vous n'eſtes plus que chants à Sanſonnets :
Vn ſeul Rondeau vaut vn Poéme épique,
Vn ſeul Rondeau vous fait à tous la nique,
Et l'Epigrame à ſa comparaiſon
N'eſt qu'vn labeur ſans rime & ſans raiſon.

Ha! ie voy bien qu'en ce Siecle malade,
Pour plaire au goust il faut que la Balade,
Le Chant-royal, & le gay Triolet,
R'entrent en vogue, & prosnent leur rolet :
Ie connoy bien qu'il faut que l'Anagrame,
Et l'Acrostiche, & l'Echò qu'on reclame
Et qui respond si bien au bout du Vers,
Soyent ramenez aux yeux de l'Vniuers :
Qu'en suitte d'eux il conuient que l'Epistre,
Le Lay pleurard, le Virelay belistre,
L'Enigme goffe, & l'Emblême pedant,
Sur nostre Esprit reprennent ascendant :
Qu'il faut en fin que le Diantre on renuoye,
Que le Rebus ses deux LL desployе,
Et qu'à son flanc le Cocq-a-l'Asne aussi
Ergotant tout vole & rechante ycy.
Ça ; faisons mieux, barbotons les paroles
Que la Magie enseigne en ses Escholes ;
Traçons vn Cerne, & prononçons tout-bas
Morric, morruc, tarrabin, tarrabas :
Qu'à ces grands mots, horreur des Cimetieres,
Sortent en Chats grondans par les Goutieres
Sous la faueur du bon Maistre Astarot,
Chartier, Cretin, Saint-Gelais, & Marot ;

Que Des-Accords en de mesmes fourrures
R'apporte au jour ses plattes Bigarrures,
Auec Fauchet en vain laborieux,
Et l'Aduocat sottement curieux:
Mille secrets nous en pourrons apprendre;
Ils nous diront comment il s'y faut prendre
Pour fagotter quelque gentil Rondeau
Qui desarçonne & Victor & Brodeau.
Mais sans besoin ce charme je propose
Puis que, la grace à la Metempsichose,
On les voit tous voyant la plume en main,
Gilles, Le-blanc, Du-Lot, & Vieux-Germain.

L'AVANT-SATIRE

CAPRICE

APpolon qu'est ce-cy? qu'a t'on fait à Pegaze?
V diâtre l'Animal; luy qui plus doux qu'vn aze
Se laissoit autrefois librement affourcher,
Qui d'aise hennissoit me sentant approcher,
Comme vn de ses Parens alors qu'il sent l'auoine,
Ou cõme auprez d'Alis hennit vn Maistre-Antoine,
Ronfle, bat le paué, ne me peut plus souffrir,
Et si tost qu'à l'estrier mon pied je veux offrir
Il tremousse, il regimbe, il se cabre, il tempeste,
Il me tourne la crouppe, il fait en fin la beste,
Et je voy, non sans peur, de mes yeux estonnez
Que de mainte rüade il me frize le nez.
Il faut bien, ô Phebus, que durant mon absence
Depuis cinq ou six Mois, d'vne injuste licence,
Quelque Rimeur de bale impertinent & vain,
Quelque Enigmatiseur, quelque sot Escriuain,

Ait osé le monter, où qu'en le menant boire
Dans le sacré Ruisseau des Filles de Memoire,
Quelque Anagramatiste en guise de Valet
L'ait rendu par ses mains plus quinteux qu'vn Mulet.

Si tu l'auois permis, beau-Sire, je te jure
Qu'aux Coursiers de ton Char je ferois quelque injure,
Et qu'en les descriuant je les despeindrois tels
Qu'au lieu d'auoir le Nom de Cheuaux immortels,
Qui sur vn Champ d'azur faisant leur course ronde
Promenent l'Or qui brille aux yeux de tout le monde;
Il n'est point de Mazette entre Paris & Can,
De pietre Haridelle opprobre d'vn encan,
De traisneur de fumier, de fange & de gadouë,
Qui ne les incagast, qui ne leur fist la mouë,
Et ne crust icy-bas leur pouuoir disputer
La gloire que là-haut ils veulent emporter.

Mais je me plains à tort, mon soupçon est vn crime;
Tu ne l'as point souffert, grand Autheur de la Rime,
Ces petits Messieurs-là ne grimpent point icy;
Ils ne sont point piquez d'vn si noble soucy;
Et quand ils le voudroyent, en leur folie extrême,
Plustost ce double-Mont s'arrachant de soy-mesme
Trébucheroit sur eux, & tombé plat & net,
Feroit à leur caboche vn horrible bonnet.

D'où luy peut donc venir cét estrange caprice?
Ha! je le reconnoy, c'est manque d'exercice,
Il ne fend plus de l'Air le vague precieux,
Et le trop de sejour l'a rendu vicieux:
Ou-bien fasché de voir que ma Verue sacrée
Ne se sert plus de luy quand elle se recrée;
Que je quitte Helicon pour Horeb & Sina,
Où la Loy formidable aux Hebreux se donna;
Que pour la verité je laisse le mensonge;
Il me veut tesmoigner le despit qui le ronge,
Et me faire connestre en son fremissement
Les bizarres transports d'vn vif ressentiment.
Toubeau Genét, toubeau, r'enguaine ta furie;
Si je t'ay negligé, si de la Raillerie
I'ay depuis quelque temps mis en oubly les jeux,
Pour me sentir le chef pesant, froid & neigeux,
Ie t'en requiers pardon, & la marote en teste
Ie veux, comme l'on dit, remonter sur ma beste,
Dulotizer en diable, & d'vn ton libre & gay,
Tout Cygne que je suis, faire le Papegay.
Or sus donc à cheual, j'entens le bruit d'vn verre
Qui heurtant contre vn pot me r'anime à la guerre,
Non de la martiale où le sang est versé,
Où pour l'amour d'autruy, de mille coups percé,

Le malheureux soudart mesure & mord la poudre;
Ie luy baise les mains, je n'en veux plus descoudre;
Mais de la satirique où l'on mord plaisamment,
Où l'on verse à flots noirs de l'encre seulement,
Où la plume est l'espée auec quoy l'on s'escrime,
Où de joyeux brocards la Sottise on reprime,
Bref où ceux que l'on blesse, au lieu de s'en fascher,
Sont pour leur propre honneur contraints d'en riocher.

LES POVRVEVS BACHIQVES.

CAPRICE.

QVe les Cohortes du Sophy
Aillent reprendre Babilône;
Qu'il enuoye au Turc vn deffy,
Comme la Gazette nous prosne;
Que tout soit reduit à l'aumosne,
Mon cher Comte il ne m'en chaut pas,
Pourueu que Bachus dans son trosne
Preside à ce noble Repas.

Qu'auec le foüet des Conuenans
L'Escosse estrille l'Angleterre;
Qu'on face porter aux Manans
L'Espadon, ou le Cimeterre;
Que l'on arme toute la terre,
Ie seray tousiours assez fort,
Pourueu qu'on m'esquippe d'vn verre
Plain de Muscat jusques au bort.

Que de l'Empire du Lion
Se desmembre la Catalongne;
Que sa chaude rebellion
Taille à Guzman de la besongne;
Que tout le monde s'entre-congne,
Je croiray que tout viue en pais,
Pourueu que je viue en yurongre,
Et que Mars dorme où ie repais.

Qu'au ſeul nom du braue Harcourt
L'Eſpagnol de peur ſe conchie;
Qu'il pouſſe, ou retienne tout court
Les vains pas de ſa Monarchie;
Qu'il gemiſſe à teſte fleſchie,
Ma Couppe en rira de bon cœur,
Pourueu qu'elle ſoit enrichie
De la precieuſe Liqueur.

Que Banier, bien ou mal muny,
Expoſe tout à l'auanture;
Qu'à ce coup Picolominy
Soit deffait à platte-couture;
Qu'il demeure en bonne poſture,
Il ne m'importe nullement,
Pourueu qu'il plaiſe à la Nature
Que ie boiue eternellement.

Que le Soudart de Fernambourc
Se rende Maistre de la Baye;
Qu'il la rauage mieux qu'vn Bouc
Ne fait les tendrons d'vne haye;
Que par tout l'on chante dandaye,
Je ne m'en estonneray point,
Pourueu que dans vne humeur gaye
Ie me rembourre le pourpoint.

Que du faux Oracle d'Arras
Madril à la Flandres se pleigne;
Que deuant nos diables de Ras
Ses Matoux quittent son Enseigne;
Que mesme nos Souris on creigne,
I'en escriray le bel effet,
Pourueu que ma plume se teigne
Dans l'encre rouge d'vn buffet.

Qu'on

Qu'on espouuente les Aisez
Du rude mot de subsistance;
Que nos tresors soient espuisez
Pour des affaires d'importance;
Qu'on rongne aux Moines la pitance,
I'en nommeray l'Arrest diuin,
Pourueu qu'à la noble Aßistance
L'on ne retranche point le Vin.

Qu'en Portugal vn nouueau Jean
Chastre le Sceptre de Philippe;
Que la Seine domte en vn an
Le Rhin, le Necar, & la Lippe;
Que le Lis morgue la Tulippe:
I'en siffleray la gloire aux Cieux,
Pourueu que ie trempe ma lippe
Dans ce Jus qui rit à mes yeux.

Que le Barreau reçoiue, ou non,
Les reigles de l'Academie;
Que ſur vn verbe, ou ſur vn nom;
Elle jaze vne heure & demie;
Qu'on berne adonc, car, & m'amie;
Nul ne s'en doit eſtomaquer.
Pourueu qu'on ſauue d'infamie
Creuaille, piot, & chinquer.

Qu'vn Tarif, maintesfois changé,
Mette au-rouët l'Arithmetique;
Qu'vn Artiſan preſque enragé
En renaſque dans ſa boutique;
Que cent nouueautez on pratique;
I'en gausſeray les Mal-contens,
Pourueu qu'à la façon antique
Chacun de nous hauſſe-le-tens.

Qu'vn ſuperbe & gros Maltôtier
Erige en Palais ſes rapines;
Que ſon jeune fou d'heritier
S'abandonne aux Garces poupines;
Qu'il en reſſente les eſpines,
I'auray des roſes à ſouhait,
Pourueu qu'à l'ombre des Chopines
Je me trouue ſain & de-hait.

Qu'vn Endebté, qu'vn Criminel
Trompe vne Barriere en ſa Chaiſe;
Qu'vn autre, en plein Iour ſolennel,
S'y coule chez Dame Geruaiſe,
Qu'vn autre y dandine à ſon aiſe
Ie trouueray cela fort bon,
Pourueu qu'en celle-cy j'appaiſe
Ma ſoif qui n'aiſt de ce jambon.

Que nos Cocs ſur l'Aigle acharnez,
Excitent les chants de nos Cygnes;
Que nos Princes déterminez
Ayent fait rage au Combat des Lignes;
Que de mes Vers leurs noms ſoient dignes,
Ie trouueray cela fort beau,
Pourueu que Dieu garde nos Vignes
De la greſle du Renouueau.

Que nos petits Oyſons de Cour
Vſent de fauces railleries;
Qu'ils ſoient ineptes en amour,
Et ſots en leurs galanteries;
Qu'ils ayment les friponneries,
Ie les tiendray pour gens bien nez,
Pourueu que dans nos beuueries
Ils ne fourrent jamais le nez.

Qu'à leur honte nos Demy-Dieux
Ne facent rien pour ma fortune;
Que je tracasse pauure & vieux,
Où sur Cibelle, où sur Neptune;
Qu'vn dur Creancier m'importune,
Ie n'en auray point de soucy,
Pourueu que je trinque & petune
Auec les Drosles que voicy.

Ie n'aspire plus aux Lauriers
Qu'on cueille au bout d'vne Conqueste;
Bren de ces preux Auanturiers
Qui dans le Choq se font de feste;
Que cent palmes on leur appreste,
Ie m'en mocque à gozier-ouuert,
Pourueu qu'on m'honore la teste
D'vn bouchon fait de pampre vert.

FIN.

LE CIDRE

A MONSIEVR LE COMTE de Brionne.

CAPRICE

COmte, puis qu'en la Normandie
Pomone fait honte à Bacchus,
Et qu'en cette Glace arrondie
Brille vne lumiere eschaudie,
De la couleur de nos escus :
Chantons à la table où nous sommes,
A la table où le Roy des hommes
Nous traitte en chers & francs Voisins,
Que le Ius delicat des Pommes
Surpasse le Ius des Raisins.

Je le confesse ; qu'on le croye ;
Saint-Amant le dit, c'est assez :
Mon cœur, mon poulmon, & mon foye
A son esclat sautent de joye,
Et tous les soins en sont chassez :
C'est le doux honneur de Septembre ;
Il m'attire dans cette Chambre
Par vne secrette vertu,
Et mon Corps auprés de cêt Ambre
S'esmeut, & passe pour festu.

Je ne me puis lasser d'en boire ;
Ma soif renaist en s'y noyant ;
Du Muscat je pers la memoire,
Et mon œil est comblé de gloire
De le voir ainsi flamboyant.
Qu'il est frais ! qu'il est delectable !
De moy je tiens pour veritable
Lors que j'en trinque vne santé,
Que le seul Cidre est l'Orpo-table
Que l'Alchymie a tant vanté.

Page, remply moy ce grand Verre
Fourby de fueilles de figuier,
Afin que d'vn ſon de tonnerre
Ie m'eſcrie à toute la terre
Maſſe, à l'honneur du grand SEGVIER:
Ie le reuere, je l'admire;
Il m'a fait auec de la Cire
Vne fortune de criſtal,
Que je feray briller, & lire
Sur le marbre, & ſur le metal.

C'eſt par Luy que dans ma Prouince
On voit refleurir, depuis peu,
Cét illuſtre, & bel Art de Prince,
Dont la matiere freſle, & mince
Eſt le plus noble effort du feu:
C'eſt par Luy que de Sable, & d'Herbe
Deſſus les Champs bruſlée en gerbe,
Des Miracles ſe font chez moy;
Et que maint Ouurage ſuperbe
Y prétend aux léures d'vn Roy.

Qu

Que d'induſtrie, & de viſteſſe,
Quand animé d'vn ſouffle humain,
Vn Prodige en delicateſſe
S'enfle, & ſe forme auec juſteſſe
Sous l'excellence d'vne main!
Que de plaiſir quand on le rouë!
Quand vn bras deſnoüé s'en jouë,
Soit dans Venize, ou dans l'Altar!
Et que d'ardeur mon ame aduouë
Pour ce Vaſe où rit ce Nectar!

Mais cependant que je m'amuſe
A caqueter de la façon,
Je ne voy pas que je m'abbuſe,
Que mon gouſt de longueur m'accuſe,
Et que je faſche l'Eſchanſon:
Baille-moy, baille-moy la Couppe;
Or ſus donc, vertueuſe trouppe,
Que d'vn toppe gay, pront, & Clair,
On fende, on perce, on entre-couppe
Toutes les regions de l'Air.

Ha! que ce bruit m'est agreable!
Voylà respondu comme il faut;
I'en esprouue vn aise incroyable,
Et nostre Desbauche est loüable
D'esclater pour vn Nom si haut:
Aux graces qu'on desire en elle
La retenuë est criminelle,
La froideur offence Themis,
Bref, pour la rendre solennelle
L'excez mesme nous est permis.

O mon cher! O mon rare Conte!
Dont les vertus charment nos cœurs,
Que dois-je dire, au bout du conte?
On ne peut faire assez de conte
De cette Reine des liqueurs.
Elle est aux Muses consacrée,
Elle est douce, elle me recrée
Mieux que la Figue, ou l'Abricot,
Et la Nimphe la plus sucrée
Pourroit estre de nostre escot.

FIN.

EPISTRE

A MONSIEVR LE BARON DE MELAY, GOVVERNEVR DV CHASTEAV-Trompette, à Bordeaux.

GRand Chaſtelain de qui la preud'homie
Excite au los ma haute Chalemie,
Amy ſans fard, cher & noble MELAY,
Point je ne veux t'eſcrire vn piteux Lay,
Ny te deſpeindre, auecques des fleurettes,
D'vn vieux Ribaut les tendres amourettes,
D'vn jeune Fou l'agreable langueur,
Ny d'vn bel œil l'innocente rigueur.
Ma Melpomene, en verue ſans pareille,
Ne veut non plus lanterner ton oreille
De graues traits, de ſublimes diſcours,
De la Morale vtile à mon ſecours,

Des Elemens, de leur paisible guerre,
Du bransle rond qu'auec nous fait la terre;
Du flux marin, des Orbes empennez,
Des noirs porreaux qu'on leur voit sur le nez,
Si l'on en croit nos derniers telescopes,
De leurs aspects, de leurs tristes sincopes,
De leur pouuoir sur vn moment natal,
Des biens certains, de l'Arbitre fatal,
Des faux honneurs, du benest qui s'y fie;
Des Loix, des Arts, de la Geografie,
Ny du mestier où les durs Matelots
Par les Tritons sont bernez sur les flots
Qui leur seruant de Castelongne bleuë
Pour s'en joüer à tremoussante queuë,
Seruent aussi, selon nos beaux abbus,
De Courte-pointe au grand Lit de Phebus.
Point ie ne t'offre, en de funestes carmes;
Rudes Conflits, effroyables vacarmes,
Sieges, Estours, meurtres, ny horions
Drù descochez sur tests à morions,
Quand de HENRY l'intrepide Alumelle
Brillant dans l'air en foudre qui grommelle,
Rosse, chamaille, & pourfend jusqu'aux dents
Soudarts, & Chefs au choq les plus ardents:

Tesmoin les coups qu'en Sainte Marguerite
Ce Branc d'acier, qui des vertus herite
De Durandal, & de Flamberge encor,
Par des exploits digne de viure en or,
Fit ressentir à la Gent bazanée,
Du Sort des Lys ores si mal-menée
Que son Lion perturbé du cerueau,
Changeant de notte en mugit comme vn Veau:
Tesmoin de Quiers la fameuse retraite
Qu'auec du sang le Vieux nous a portraite,
Le rare Vieux, nostre cher & feal,
Qui point n'en conte en hableur ideal
Mais en vray Sire, en homme qu'on peut croire,
Lors que d'vn Cas il debite l'histoire,
Et qu'il fait voir que l'esprit de Faret
A d'autres soins que ceux du Cabaret:
Tesmoin, en fin, tant de fieres merueilles,
Tant de sujets de nos illustres Veilles,
Qu'ont admirez, & Casal, & Turin,
Et que l'effort du plus hardy burin
Entre les doigts de la plus noble Muse
Qui sur Parnasse aux Eloges s'amuse,
Qui les cizelle, & nous fait renommer,
Au gré de Mars ne sçauroit exprimer.

Ie laiſſe à part, pour reprendre mon ſtile,
Tant d'autres faits de ce ſecond Achile,
Dont les bons Dieux, O mon braue Baron,
Pour noſtre bien te firent le Chyron,
Comme, peut-eſtre, ils m'en feront l'Homere;
Si la Vertu, ma fidelle Commere,
Ne me trahit, ou ſi Dame Atropos
Ne râfle en bref ma vie entre les pots.
Retournant donc ſur mes premieres erres,
Ie te diray, ſans plus parler de guerres,
Qu'en ce Papier barboüillé plaiſamment
Pour t'esbaudir en ton eſloignement,
Tes yeux vitrez n'apprendront point les choſes
Qui font en Cour tant de metamorphoſes,
Et que ta voix, en voulant eſtre auſsy,
D'vn ton nazard ne lira point icy
Sous la faueur de tes bezicles vertes,
Par quels moyens on les a deſcouuertes;
Quel ſoin il faut à regir les Eſtats;
A les ſauuer des laſches attentats;
Si de Themis la juſte diligence
En vn tel fait peut vſer d'indulgence;
Ou ſi la Mort, douce comme vn Chardon,
Doit bien-toſt dire, Ingrat, point de pardon:

Cela n'est point du gibier de ma Rime :
Le blanc Outil dont mon pouce s'escrime
N'ouure le bec, n'en crache rien de noir
Que pour t'offrir en ton vaste Manoir,
En ton antique & fort Chasteau-trompette
Où pend au croc mainte vieille Escopette,
Cent grand-mercis de la part de mon goust
Pour vn Present cher & de peu de coust,
Pour vn Morceau l'effroy des Sinagogues,
Pour vn Jambon que d'vne ame en ses gogues,
D'vne main franche, & d'vn cœur desployé,
Jusqu'à Paris tu nous-as enuoyé.
Ie dis nous-as, car l'auguste Princesse
Que d'exalter tout le monde ne cesse,
Le doux Soucy de nostre grand Heros
Qui des neuf Preux fait autant de zeros,
Le Saint Miroir des Vertus & des Graces,
L'Objet qui rend mes hyperboles basses,
Le rare honneur du Sexe feminin,
La Gloire mesme, au front chaste & benin,
Ayant receu sous vn Daiz venerable
Ce Basque lourd, chose assez admirable,
Daignà soudain par vn Suisse leger,
D'vn Normand rond la Chambre en obliger.

De quels Cadeaux te pourrois-je descrire
L'aise que j'eus, lors qu'en me venant dire
Pon chour Mansieur, *ce franc Colintampon*
Me dit encor, fous Mon Tame vn Champon
T'enfoye icy, dasticot, pour ton foire:
Ché suis crand chaur, paille à moy rien pour poire.
Le bon Hardot suoit dessous le faix
Comme en joüant au Trique-trac tu fais,
Quand contre moy quelque traistre de sesnes
D'vn pesant coup te donne mille gesnes,
Te fait pester, broüille ton jugement.
Et sans mercy t'ensile nettement.

Si tost, en fin, que son eschine large
Eut jetté-là sa monstrueuse Charge
Qui de son poids estonnant le plancher
Fit plus de bruit qu'vn flot contre vn rocher,
Ou qu'une horrible & foudroyante Bombe
Quand sur vn Toit il auient qu'elle tombe;
Si tost qu'il eut, s'essuyant d'vne main,
Harpé de l'autre auec vn ris humain
La Piece blanche en nouuelle monnoye,
Dont mon gousset voulut faire sa joye;
Ie me leuay, fis trembler tout le lieu,
Et m'habillant receuz son bel Atieu.

Or, cher Melay, voy comme la Fortune
Que de mes vœux gueres je n'importune,
Toute bizarre, & farouche qu'elle est,
A m'obliger par foix songe, & se plaist;
Voy comme au Monde, où cette Aueugle roule,
Par foix les biens nous arriuent en foule,
Et comme l'heur les voulant departir
Par foix encor tasche à les assortir;
Mon Drosle à peine estoit hors de ma Chambre,
A peine auois-je admiré ce grand Membre,
Se Mont de chair, ce Prodige de lard,
A qui la Suye auoit seruy de fard;
Qu'vn Crocheteur courbé sous vingt bouteilles
Grosses du Ius des plus exquises Treilles
Dont la Cioutat porte sa gloire aux Cieux,
Auec ahan vint s'offrir à mes yeux;
Et qu'vn Laquais, d'vne belle entre-suitte,
Chantant lampon, à gueule mal instruitte,
Vint sur ses pas me presenter au nez
Vn Roquefort, mais des plus raffinez.
Si tu sçauois les carresses muëttes
Que ces amours des friandes luëttes
Se firent lors, ou qu'on eust dit aumoins
Qu'ils se faisoient, rauissant les tesmoins:

Si tu ſçauois leurs agreables ſignes,
Leurs longs regars, les vns des autres dignes,
Ton cœur eſmeu de leur pronte amitié
Se trouueroit plus gay de la moitié.
Il eſt bien vray que l'aſpre Ialouſie
Semà ſoudain, deuant la Maluoizie,
Quelque grabuge entre les deux Amans,
Qui ſe montroyent ſi doux & ſi charmans;
Et qu'à l'aſpect de ces vingt belles Fées
Beaucoup plus d'eux, que d'eſtouppes coiffées,
Peu s'en falut qu'on ne viſt ces Riuaux
Preſts à monter deſſus leurs grands Cheuaux;
Mais d'vn glou-glou, l'vne des mieux appriſes,
Craignant en fin qu'ils n'en vinſſent aux priſes,
Sembla crier, Toubeau vieux Rocquefort,
Contente-toy que l'on t'eſtime fort;
Et toy l'Eſpoir d'vne ſuperbe Table
Où ſe doit faire vn banquet delectable,
Puiſſant Ragouſt, heroïque Iambon,
Sois aſſeuré qu'on te tient bel & bon:
Refrenez donc vos injuſtes coleres,
Embraſſez-vous, aymez-vous comme freres,
Et voſtre ſel, tant chery de mes ſœurs,
Sera conjoint à nos pures douceurs.

A ces beaux mots, qui d'vn goulet sortirent,
Mes Champions leur fureur amortirent;
La paix fut faite, & moy, de tous accords,
Ie resolus de m'en traitter le corps.
Sur ce dessein, ie commanday qu'en haste
On fist bastir vn grand Palais de paste,
Pour auec l'Ail, l'Anchoye au teint vermeil,
Le Poiure blanc, & le Clou nompareil,
Loger en Roy ce Iambon que ie prosne,
Ce digne Mets, qui des Mets tient le trosne,
Et par qui seul, les Iuifs estant morguez,
Les bons Chrestiens des Turcs sont distinguez,
Car quand au Ius que l'Alcoran prohibe,
Des moins nigaux la lippe s'en imbibe,
Ils en sont fous, & n'obseruent ce poinct
Qu'en leur dormir, ou lors qu'ils n'en ont point.
Dés que le Four eut accomply l'ouurage,
Dés que chez moy, tout chaud, & sans naufrage,
Ce beau Iambon, cét illustre Pasté,
Couronné en chef fut en pompe apporté;
I'en fus rauy, j'en admiray la gloire,
Et retrouuant au sein de ma memoire
L'humide oracle yssu du long gozier
De la Sibile à la robbe d'ozier,

Ie connu bien par la Table predite,
Que du Ioyau ſur lequel ie medite
Il conuenoit enrichir les treteaux
Du magnifique, & grand Des-Yueteaux,
De ce Demon qui dans la ſolitude
Gouſte en repos tous les fruits de l'eſtude,
Et dont le cœur abandonne les ſens
Aux doux excés des plaiſirs innocens.
Pour mettre fin, tu ſçauras donc en ſomme;
Qu'au beau Sejour de ce rare & digne Homme,
Ie fis marcher en pas de Pain benit
Ce Don royal que de fleurs on garnit,
Faiſant de plus, cheminer à ſes ailes,
En bel arroy les miſtes Demoiſelles,
Que le Fromage accompagnoit de pres,
Comme feru de leurs liquides traits,
Et que ſi toſt qu'on l'eut mis en poſture
D'en faire aux yeux la celebre ouuerture,
Ma groſſe main ſi bien s'en acquità
Qu'vn pront eſſay ma bouche en merità.
I'entreprendrois de ſupputer le nombre
Des Cloux de feu, qui dorent la Nuit ſombre;
I'entreprendrois, en vn temps chaud & clair,
Le vain calcul des freluches de l'Air,

Si maintenant je voulois faire dire
Aux Nerfs fameux de ma groteſque Lyre,
Tous les tranſports, les cris admirateurs,
Les mots goulus, & les geſtes flateurs,
Dont on forma les inſignes loüanges
De ce Jambon, de ſes charmes eſtranges,
De ſon beau teint, de ſon gouſt, de l'appreſt,
Et du parfum qui me tuë & me plaiſt.
L'vn proferoit, d'vne voix aiguiſée,
Jl eſt parbieu tendre comme roſée;
L'autre coulant vn long trait de Muſcat
Sur le morceau friand & delicat,
Faiſoit ouyr, ha! qu'ils ſont doux enſemble!
Que leur vertu s'accorde, & ſe reſſemble!
Et l'Echò meſme, au grand mot de Iambon,
De tous coſtez rediſoit bon, bon, bon.
Là les Couteaux, bruſques à leur office,
S'entr'enuiant l'honneur du Sacrifice
Sembloyent debatre à qui le toucheroit,
Ou pour mieux dire à qui le trencheroit;
Et toutesfois, à le voir ſous les playes
Que luy faiſoyent nos mains libres & gayes,
On auroit creu qu'en ces doux accidents
Sa gentilleſſe euſt dit entre les dents;

Chers Ennemis, ie beny mes blessures,
Ie suis heureux d'esprouuer vos morsures,
Puis que le Sort m'ordonne noblement
De vous seruir d'agreable aliment;
Ma chair de beste en chair d'homme changée,
Sera tantost à vos dents obligée:
Poursuiuez donc, & ne m'espargnez pas;
En vos fureurs, je trouue des appas.
J'ose vous faire vne seule demande;
C'est qu'vn de vous, d'vne Plume gourmande,
Et d'vne estime à qui l'on preste foy,
En quelque lieu daigne parler de moy,
Afin, au moins, que n'estant plus en estre
Par son caquet on me puisse connestre,
Non point, Messieurs, non point cõme vn morceau
Qui soit venu d'vn vulgaire Pourceau,
Mais, pour certain, comme l'enorme fesse
D'vn grand Sanglier que Diane confesse
Auoir esté la terreur de ses Bois,
Auoir reduit tous ses Chiens aux abbois,
Nargué les traits des Nimphes ses Compagnes,
Couru les Monts, arpenté les Campagnes,
Et fait fuïr des sauuages destours
Les Leopars, les Tigres, & les Ours;

Bref, que le coup d'vne balle-ramée
Parmy le feu, le bruit, & la fumée,
Portant la Mort, pût seul en trahison
Apres vingt ans ranger à la raison.
Ces vieux Rochers, ces naturelles bornes
Qui jusqu'au Ciel osant leuer les cornes,
Seruent d'obstacle aux desseins trop hardis,
Me plegeront des choses que je dis:
Ouy ces hauts Rocs, ces barres des offences,
L'ont veu cent fois esmoudre ses deffences
Contre leur flanc difficile à gruger,
Pour faire teste au Lion estranger;
Et d'vne hure horrible & furieuse
Faisant paslir sa trongne imperieuse,
Le mettre au poinct de crier, non debout,
Braue Gascon, je me rends dague & tout.
Ainsi finit sa jactance gaillarde
Le bon Muet à l'humeur babillarde;
Ainsy, Melay, fus-je sans voix requis
De celebrer vn Morceau tant exquis:
Mais, cher Baron, pour toute sa harangue
Qu'en vn Palais on oüyt de la langue,
Et que le Goust fit comme vn President,
Nul n'en perdit le moindre coup de dent.

Ton grand Cousin, le genereux Brionne,
Qui de vertu s'arme, & se gabionne
Pour soustenir les frasques du malheur,
En cet Assaut exhiba sa valeur;
Bien secondé du Patron de la Case,
Qu'auecques gloire on a veu sur Pegase,
Qui mesme encor monte sur ce Destrier
Sans auantage, & sans ayde d'estrier,
Et dont le Corps, en sa vieillesse auguste,
Tesmoigne auoir l'estomac si robuste
Que Dieu-mercy, quoy que j'œuure assez bien,
Son appetit a triomfé du mien;
La belle Iris, la Reine de la Harpe,
Iambette au poing franchit la contr'escarpe,
Força les murs, & des dents se fit voir
Vne Amazône habile à son deuoir.
Bref nostre ardeur n'auroit fait nulle trêue
Entre ce mets, la maschoire, & le glaiue:
Nul lendemain n'en eust esté seruy,
Si le Fromage honorant à l'enuy
La riche Nappe aussi blanche que neige,
N'eust dit aux yeux, Et moy que deuiendray-je?
Mot qui nous plût, & qui bien addressé,
Fut par la Trouppe aussi-tost exaucé.

Que

Que veux-tu plus? maints Confreres notables
Virent ce Basque orner diuerses Tables,
Et c'estoit faire vn splendide festin
Que d'en offrir vne trenche au matin:
Mais entre tous, ce franc cœur, ce bon Pitre
Qui de vray Gros me rauira le titre,
Et l'effectif l'aymable Saint-Laurens,
Pareils en mœurs, en taille differens,
Que je cheris, que j'estime, que j'ayme,
Et l'vn & l'autre, à l'esgal de moy-mesme,
Par friandise en lecherent leurs doigts,
Et ta santé s'y but plus d'vne fois.
Sois donc soigneux de satisfaire aux masses
Que tes Amis font à tes bonnes graces,
En attendant que j'aille quelque jour
Chocquer le Verre en ton noble Sejour:
Car je veux joindre, auprés de ta Cuuette,
Le Vin de Graue aux huistres de grauette:
Je veux enfin, voir ton Quay spacieux,
Ton large Fleuue aux bords delicieux,
Ton beau Chasteau, ton grand Port de la Lune
Qui pour Couronne a mainte riche Hune,
Ta belle Ville où mon corps ne fut onc,
Tes Capdebious qui dardent vn, & donc?

Roüillent les yeux, s'embaument les moustaches
D'Oignons, & d'Aux en guise de pistaches,
S'arment le flanc de quinze pieds de fer,
A chaque pas font tressaillir l'Enfer,
Morguent le Ciel, & haussant les espaules
Semblent tous seuls estre l'appuy des Gaules,
Et d'vn regard, d'vn penser seulement,
Deuoir remplir la Mort d'estonnement.
Mais sçais-tu bien, de ces beaux Morte-Payes
Ne pense pas m'aller faire deux hayes
Pour receuoir mon illustre Embonpoint;
Son gras honneur n'en veut ny peu ny point;
Armes-a-part; je crains la Salue en diable;
Quelque Estourdy, cuidant m'estre agreable,
Pourroit d'vn coup me noircir le museau,
Ou de ma vie acheuer le fuseau;
Et puis aprés croiroit en estre quitte
Pour s'escrier d'vne voix interditte,
Perdon, qu'auqu'autre à cargat lou Mousquet:
Et cependant j'aurois eù mon paquet.
Fay mieux, Baron, fay que de ta Cuisine
La batterie effrayant la Lesine,
Sorte en parade au deuant du bon Gros,
Fay qu'vn chacun se saisisse de bros,

De poiſlons clairs, de lechefrites noires,
De pots, de grils, de broches, de lardoires,
Et d'Inſtrumens qui ſur vn Air connu
Chantent tout doux, Tu ſois le bien venu:
Ordonne encor, pour accomplir la feſte,
Que ton Champagne vn tel Morceau m'appreſte
Qu'eſtoit celuy dont auecques ſplendeur,
Ma Muſe a peint, & le gouſt, & l'odeur,
Et ſur lequel, ſous le Tan qui la pique,
Elle a penſé faire vn Poëme-epique;
Car en ſa fougue, & qui la pouſſeroit,
Sur vn Ciron vn Liure elle feroit.
C'eſt trop, Adieu, je te baiſe les pattes
Dont plein de ſoins, bien ſouuent tu te grattes,
Depuis le jour, qu'embrené d'Eſpagnol,
Mis dans ta Cage ainſi que Roßignols,
Tu fais le guet, & voy ta bource en peine
De leur fournir, non d'eau pure, ou de greine,
Mais du meilleur, que Bacchus, & Ceres,
Facent tirer des Monts, & des Guerets.
Souffre qu'icy le cher & gris Poyane
Qui point n'en dort du veſpre, à la diane,
Soit de ma part ſalüé comme il faut;
Et ſi ma Plume oſe voler plus haut,

Si le bon-heur quelque chemin t'en fraye,
Presente au Duc, au noble Saint de Blaye,
Pour ton Varlet, cent fois plus d'humbles vœux
Que sur ma teste on ne voit de cheueux.
Puis à la fin, m'applaudissant en prose,
Dy qu'il fait bon me donner quelque chose,
Prens en gré l'Oeuure, & j'espere qu'en Vers
Ton nom, par moy, viura jusqu'aux Pois-Vers.

SONNET.

QVand je la voy, cette Gorge yuoirine
Où l'Oyſeau-Dieu ſouuent ſe va nicher,
Cõme vn Goilan qui ſur quelque Rocher
Fait ces Petits au bord de la Marine.

Quand je la voy, cette main qui burine
D'vn trait aigu ce nom qui m'eſt ſi cher,
Deſſus mon cœur, j'ars ainſi qu'vn buſcher,
D'vn feu qui plaiſt à ma gente Corine.

Son poil, ſon oeil, ſon tant aymable vis
Accompagné d'vn gracieux deuis,
Plonge mes ſens dans vn doux fleuue d'aiſe.

Et quand je ſonge à tout le demeurant
Que ſous ſa robe en mon ame je baiſe,
De trop d'amour j'expire en ſoupirant.

DIZAIN.

QV'vn lasche, & maudit flagorneur
Desployant sa langue traistresse,
Pour ruïner tout mon bon-heur,
Me broüille auecques ma Maistresse;
Ie ne veux point en vn Gibet
Le voir aprez maint quolibet
Attacher comme vn Poulie;
Pour vn plus rude chastiment,
Vne Couchée en Italie,
Ie luy souhaitte seulement.

DIZAIN.

SVr vne Mazette à quitaine
Que je foitte comme vn sabot,
Au détriment de mon Iabot
Ie cours icy la pretantaine:
Ceux qui me treuuent en chemin
Pensent que quelque parchemin
M'appelle à cette diligence,
Mais ils ne s'y connoissent pas,
Car toute mon intelligence
Ne tend qu'aprez vn grand Repas.

EPIGRAMME.

A LA GAZETTE.

LA Polongne, & la Moscouie,
Ont, dis-tu, mis les Armes bas,
Et lasses de tant de Combas,
Veulent mener vne autre vie:
Quelqu'vn, plus facile que moy,
Pourra bien, en te prestant foy,
Y croire Bellonne enterrée;
Mais, c'est vn abus d'esperer
Qu'autre Paix qu'vne Paix fourrée,
En lieux si froids puisse durer.

VNE OMBRE QVI PARLE.

APres m'estre sauué des mains du grãd Daguerre,
En vn sanglant Duël où Mars eust pù perir,
Il ne faloit pas moins que d'vn coup de tonnerre
Pour me faire mourir.

FIN.

www.ingramcontent.com/pod-product-compliance
Ingram Content Group UK Ltd.
Pitfield, Milton Keynes, MK11 3LW, UK
UKHW031904260826
14628UKWH00002B/987

9 782329 374703